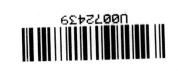

世說新語

回味無窮的小故事

改寫＝管家琪
原著＝劉義慶
繪圖＝陳維霖

中國經典大家讀

【推薦序】＝林文寶
（台東大學人文學院院長）

「黃河的源頭」、「盤古開天」和「后羿射日」等，是與大自然有關的故事；「一年三節和元宵節」的由來，則是跟節日相關的故事；「清廉公正的包拯」、「公而忘私的大禹」和「神醫李時珍」等，都是歷史上知名的人物；「七兄弟」、「臘八粥」、「等請客」和「金華火腿」等，則與市井小民的生活息息相關。這樣的故事很多，有的於史有據，有的則屬稗官野史，有的是民間傳說，不論如何，都充滿趣味，且蘊含許多先民的人生智慧，是值得好好閱讀的敘事故事。

這些過去記載在古籍裡的事蹟，常常掛在人們嘴上的故事，它是我們生活中共同的記憶，在全球化日漸普及的日子，曾幾何時，似乎已在慢慢的淡出我們的生活，一群人在榕樹下圍坐著老者聽故事的情景不再，電視上時常播出的古典名劇，例如《包公傳奇》，也多日不見。取而代之的是，外來文化的進入，新一代盲目的崇拜，造成強勁的「哈日風」吹起，波波的「韓流」來襲，西方文化更早影響了我們的生活，讓幾代以來的人忘了原有的東西。我們的生活因而充滿外來的話語或者術語，讓人人似乎都得了失語症，原來的那些共同記憶不見了。

在全球化的潮流裡，外來文化的進入，實難以避

免，也不可能阻擋，然而這並非說，我們只能消極的接受、盲目的迎合，而是可以有所選擇，採取截長補短的態度，讓我們的文化得以發揚和傳承。

這可以經由鼓勵閱讀來逐步恢復，而且要從小做起。

其實，閱讀的活動早在我們的社會中推行許久，只是閱讀有各種不同的目的：或為考試，或為充實自己，或為文化傳承；在功利主義的作祟下，有為了充實自己而閱讀，其理由當然可喜，偏偏許多是為了考試，從小養成，進而造成了許多偏差的觀念，上述的崇拜因此形成，傳承文化的目的當然就被拋之腦後了。

若為了傳承文化的目的，找回我們的共同記憶，書目的決定可是非常的重要。儘管可以閱讀的書籍很多，蘊含許多趣味和人生智慧的敘事故事，卻是非讀不可的對象，因為它們具有永恆性和民族性，能夠經歷千年百年的考驗和焠煉，是絕對不可割捨的文化基因和先民智慧。在我們傳統的敘事故事裡，不論是口傳、短篇或者長篇的，就有許多這樣的敘事智慧，有些已經成為某種典故，例如「等請客」的故事，乃來自「三叔公躺在棺材裡，等請客」這句話，意在諷刺那些動不動就等著別人請客的人。

我國向來重視人文教育，它是我國歷來教育的特質。這是一種人文的修養，講究做人的道理與方法：懂得如何做人，才是最高的知識；學如何做人才是最大學問，尤其在外風進入時更需要深化。為了讓國小高年級以上的學生能閱讀這些敘事智慧，幼獅文化公司改寫了這些傳統文學，編輯成這一套「典藏文學」系列，計有十八本。內容特別強調故事性，都是最有名的故事片段；讀者透過簡潔扼要的文字內容，不只

能提升閱讀文學的樂趣，還能在這些傳統文學裡浸泡，熟悉和了解這些故事的內涵，更能夠吸收到裡頭的精華，進而體悟到其中的人生智慧和哲理，於是乎所謂的文化傳承或者共同記憶，因此產生。

經典文學離我們並不遠

【總序】

管家琪

中文是聯合國所定的五種官方語言之一，「漢語熱（也就是中文熱）」更已是一種全球性的熱潮。照理說我們都很幸運，生來就能掌握這麼重要、這麼美的一種文學。但是，所謂「掌握」，也僅僅是「會」的意思，可不一定保證就一定能學得好。想要學好中文，一定得大量的閱讀。

任何一種文字，任何一種語言，都不會只是一種單純的工具，它們所代表的是背後的文化，只有了解和熟悉了文化，才可能真正學得好。在這種情況之下，課外閱讀的重要性自然不言可喻。特別是對於經

典文學的閱讀。

經典文學不但是語文的基礎，也是精神文明的基礎。經典文學離我們並不遠，它們就存在於我們的生活之中。譬如我們現在所經常使用的成語和俗語，必定有一個典故，這些典故就都是在經典文學裡。我們可以非常肯定的說，只要是在中文的環境，經典文學將永不消失，只會歷久彌新。

「中國故事寶盒」（一共十二冊）自二〇〇三年九月出版以來，受到很好的回響，還有大陸簡體字版、馬來西亞版以及香港版等不同的版本，此番我們沿續廣受歡迎的「強調故事性」的風格，又挑選了六本同樣是故事性很強、又特別精采的中國古典文學，改寫成小朋友和青少年適讀的版本。希望小朋友和青少年朋友都會喜歡我們為你精心準備的這些精神食糧，並能從中獲得營養，既豐富你的精神生活，也提升你的語文能力。

典文學的閱讀。

經典文學不但是語文的基礎，也是精神文明的基礎。經典文學離我們並不遠，它們就存在於我們的生活之中。譬如我們現在所經常使用的成語和俗語，必定有一個典故，這些典故就都是在經典文學裡。我們可以非常肯定的說，只要是在中文的環境，經典文學將永不消失，只會歷久彌新。

「中國故事寶盒」(一共十二冊)自二〇〇三年九月出版以來，受到很好的回響，還有大陸簡體字版、馬來西亞版以及香港版等不同的版本，此番我們沿續廣受歡迎的「強調故事性」的風格，又挑選了六本同樣是故事性很強、又特別精采的中國古典文學，改寫成小朋友和青少年適讀的版本。希望小朋友和青少年朋友都會喜歡我們為你精心準備的這些精神食糧，並能從中獲得營養，既豐富你的精神生活，也提升你的語文能力。

經典文學離我們並不遠

【總序】

管家琪

　　中文是聯合國所定的五種官方語言之一，「漢語熱（也就是中文熱）」更已是一種全球性的熱潮。照理說我們都很幸運，生來就能掌握這麼重要、這麼美的一種文學。但是，所謂「掌握」，也僅僅是「會」的意思，可不一定保證就一定能學得好。想要學好中文，一定得大量的閱讀。

　　任何一種文字，任何一種語言，都不會只是一種單純的工具，它們所代表的是背後的文化，只有了解和熟悉了文化，才可能真正學得好。在這種情況之下，課外閱讀的重要性自然不言可喻。特別是對於經

目錄

故事、成語、俗語的來源

【前言】

管家琪

魏晉南北朝文學的一大成就，是出現了「志人小說」和「志怪小說」。

「志怪小說」以干寶的《搜神記》為代表，「志人小說」則以劉義慶的《世說新語》為代表。

所謂「志人小說」，就是以記錄人物的軼聞瑣事為主。（「志」通「誌」，是記載的意思）

《世說新語》原名《世說》，由於漢代劉向也寫過一本《世說》，但後來失傳，為了與劉向的《世說》區別，大家遂叫它《世說新書》，宋代以後又改稱為《世説新語》，這個書名就一直沿用到現在。

作者劉義慶（403-444），彭城（今天的江蘇徐州）人，南朝宋武帝劉裕的姪子，長沙王劉道鄰的次子，因為他的叔父臨川王劉道規沒有兒子，劉義慶便繼嗣給他叔父，襲封臨川王。

劉義慶一直在地方或朝中做官，曾在荊州任職十年，據説《世説新語》就是在荊州完成的。劉義慶一生都相當簡樸，對權力不感興趣，唯獨愛好文學，在全國招聚文學之士。很多人都認為《世説新語》很可能是劉義慶及其門下共同編纂而成。

《世説新語》記事很簡略，最少的只有一句話，最多也不過四百多字，類似於我們今天所説的「微型小説」。全書分成〈德行〉、〈言語〉、〈政事〉、〈文學〉、〈賢媛〉、〈容止〉、〈假譎〉、〈任誕〉等三十六篇，主要是記述自東漢至東晉文人名士的言行，尤重

於晉，總共有一千一百三十多個小故事。在這本書裡我們則挑選了六十幾個精華故事。

全書所涉及的人物，從帝王將相、名儒、名僧到一般老百姓，不下五、六百人（當然，很多人物的故事不止一則，譬如曹操、桓玄、王羲之、殷仲堪等等，故事都不少），所以，如果作為史實來看，《世說新語》所記錄的故事絕大多數都無關緊要，但其可貴之處，就是完整的呈現出當時士族階層一幅真實的生活畫卷。之所以能做到真實，是因為書中沒有教條，取材又非常豐富多樣，既讓讀者看到了一些孝子、廉吏、賢妻良母的事蹟，感受到他們高尚的品格、敏捷的才思、狂放豁達的生活態度，也能看到一些士族中貪婪、殘虐、吝嗇、虛偽的言行。

《世說新語》的語言也很有特點，常常能給人一種韻味無窮的感覺。不少故事後來都成為成語及俗語的來源。

此外，魏晉之際文學的代表作家是「竹林七賢」，而「七賢」的說法也始見於《世說新語·任誕篇》：

「陳留阮籍、譙國嵇康、河內山濤三人年皆相比，康年少亞之。預此契者，沛國劉伶、陳留阮咸、河內向秀、瑯玡王戎。七人常集於竹林之下，肆意酣暢，故世謂『竹林七賢』。」

「七賢」之中，以阮籍和嵇康的文學成就最高。

魏晉時代，由於政治環境惡劣，許多知識分子有感於前途茫茫，便自我麻醉，經常一起在竹林下飲酒清談，說一些不著邊際的話。而阮籍等七位，無論是在文化修養、人生態度以及價值取向上，都相當接近，所以被稱為「七賢」。不過，隨著後來司馬氏的恐怖政治日益嚴重，「七賢」的政治態度和處事風格也就逐漸分道揚鑣了。

不吉利的馬

有一個人，名叫庾亮，家中有一匹白額馬。

按照《相馬經》上說，白額馬是一種「不吉利的馬」，甚至是一種「凶馬」，據說會對主人非常不利，若騎上這種馬，將很容易發生意外。

不少朋友都勸庾亮趕緊把這匹馬賣掉，庾亮總是不肯。

「爲什麼呢？」有人頗爲不解的問：「這樣的馬，你不應該留在身邊呀！還是趕緊賣了吧！」

庾亮說：「不，任何一樁買賣，有賣方，就一定有買方，如果我把牠賣了，豈不等於把原本是對我不吉利的地方也賣掉了？那不等於是故意加害別人嗎？古時候孫叔敖爲了保護別人而殺死兩頭蛇，一直被傳爲美談，現在我學習孫叔敖這種爲別人著想的做法，不是也很豁達嗎？」

臥佛

不知道「臥佛」最初是基於什麼樣的理念和靈感被創造出來？對於這個問題，庾亮有一個既生動又有趣的解釋。

有一次，庾亮到佛寺中，看到臥佛，就對身邊的人說：

「瞧，這個人忙於普渡眾生，所以現在很疲倦了。」

這句話在當時流傳得非常普遍，很多人都樂於轉述。

鍾毓和鍾會

三國時期，魏國有一個大臣，名叫鍾繇（一ㄠˊ）。他同時也是一位傑出的書法家，開創了由隸書到楷書的新貌，和晉代的王羲之並稱爲「鍾王」。

鍾繇有兩個兒子，大的叫作鍾毓，小的叫作鍾會，都非常聰穎，不過兩人的性格頗不相同，鍾毓比較老成持重，鍾會則有一股豪邁之氣。兄弟倆明顯的性格特點，在他們還很小的時候就已經可以看得出來了。

有一天，鍾繇正在午睡，忽然聽到屋內有些聲響，還有兩個小兒竊竊私語的聲音，他不動聲色，悄悄睜眼一瞧，嘿，兩個頑皮的孩子竟然好像想偷喝他的酒哪。

鍾繇表面上裝睡，實際上卻偷偷觀察兄弟倆接下來的反應。

這時，兄弟倆一人各斟了一杯。有趣的是，弟弟鍾會一飲而盡，哥哥鍾毓卻端著杯子先恭恭敬敬的朝父親拜了三拜，才把杯中的酒一口氣喝掉。

鍾繇覺得很奇怪，便坐了起來。他沒有責怪兩個孩子偷喝他的酒，只是好奇的問他們剛才爲什麼會有那樣的舉止？

哥哥鍾毓說：「酒是用來完成禮儀的，當然要先向您拜上三拜再喝，才合乎禮數呀。」

弟弟鍾會則說：「偷喝已經是不合乎禮數了，還拜什麼拜呀。」

兩人的解釋，讓做父親的鍾繇聽了，不覺莞爾。

漸漸的，這兩個孩子才思敏捷、反應機智的美名，傳到了魏文帝的耳裡。或許因爲魏文帝（也就是曹丕）也是一個文人，對這兩個小神童感到很好奇，便叫鍾繇把兩個孩子帶來讓他看看。

這天，兄弟倆被領到朝廷之上，哥哥鍾毓汗流滿面，弟弟鍾會的臉上卻一滴汗也沒看到。兄弟倆截然不同的模樣，對比之下，顯得更爲有趣。

魏文帝先問哥哥鍾毓：「你爲什麼流這麼多的汗呀？」

鍾毓老老實實的回答：「因爲要見陛下，太緊張了，所以才會流汗流個不停。」

魏文帝笑了，接著又問弟弟鍾會，「那麼，你又爲什麼都不流汗呢？難道你就不緊張？」

「當然緊張，」鍾會說：「就是太緊張了，連汗都嚇得不敢流出來啦！」

盡孝

王戎與和嶠同時遭到了父母大喪，他們都表現出十足的孝子本色。

不過，他們表現孝道的方式大不相同。簡單來說，王戎因悲哀過度，吃也吃不下，睡也睡不著，在短短幾天的工夫裡就弄得形銷骨立，甚至體力不支到不得不躺在床上；和嶠則是盡到了哭喪，爲父母舉辦了非常隆重的喪禮。

這天，晉武帝（也就是篡魏自立爲帝的司馬炎）問劉仲雄：「你去探望過王戎與和嶠了嗎？聽說和嶠非常悲傷，令人擔憂。」

劉仲雄回答：「臣倒不這麼認爲，臣認爲陛下不必爲和嶠擔憂，反而應該爲王戎擔心啊。」

「哦，爲什麼呢？」

「他們兩家，我都去弔唁和慰問過很多次，和嶠所舉行的喪

禮雖然非常完備，和嶠本人也總是不斷哀哭，然而這段日子以來，他的精神、氣色看起來仍然很好，而王戎那裡，儘管喪禮不怎麼講究，也很少看到他大聲哭泣，可是他自遭逢大喪之後，健康已大受影響，現在已經只能躺在床上了！」

最後，劉仲雄的結論是，王戎與和嶠確實都相當盡孝，只不過王戎的孝是做給死人看的，和嶠的孝則是做給活人看的啊。

荀巨伯

荀巨伯是東漢後期潁川人。

有一天，荀巨伯長途跋涉，來到很遠的地方探望一位生病的友人。友人見荀巨伯不遠千里而來探望自己，非常感動，但也感到非常的著急和過意不去，因爲這裡靠近邊境，經常會受到胡賊的侵擾。友人告訴荀巨伯，如果事先知道荀巨伯要來，他一定會阻止荀巨伯的。

就在荀巨伯剛剛抵達不久，胡寇眞的攻城了！友人急著對荀巨伯說：「你快走吧！快點逃命吧！」

荀巨伯問：「那你怎麼辦？」

友人含著淚說：「我反正都是快要死的人了，你別管我，快走呀！再不走就來不及了！」

「不，我不走，」荀巨伯拒絕道：「我大老遠的來看你，這說明我是一個重情義的人，如果因爲現在有了危險，我就離開你，我不是成了爲了求生而不顧道義的人？我荀巨伯怎麼能做這種事？我不走！」

「你別傻了，快走啊，保命要緊啊……」

兩人正在爭執，胡賊已經攻進城裡。他們挨家挨戶的搜索，很快便發現了荀巨伯，和他躺在床上的友人。

爲首的胡賊問荀巨伯：「大軍已至，城裡的人全都跑光了，你是什麼人，居然敢獨自留下來？」

荀巨伯毫無懼色，回答道：「我來這裡探望朋友，我朋友有病，走不了，我不忍心把他單獨撇下，所以也留了下來，請你們不要傷害我朋友，我願意代替他而死！」

朋友一聽，頓時淚流滿面。胡賊們聽了這番話，則一個個瞠目結舌，不敢相信；但是看看荀巨伯的神色，又是那麼的平靜和堅定，不像是開玩笑。

半晌，胡賊們交頭接耳，議論紛紛：「唉，我們這些沒有道義的人，卻攻入了有道義的國家啊！」

於是，深受荀巨伯精神感召的胡賊們，選擇了默默的離開，全城也因此沒有受到任何損害。

曹操劫新娘

曹操，是漢、魏之際極爲傑出的政治家、軍事家和文學家。

「機智」和「有勇有謀」是曹操性格的一大特點；當然，也有人認爲他非常狡詐。總之，這些性格特點在他少年時期就已經能充分的顯露出來。

少年時期，曹操和袁紹是好朋友，經常在一起玩，自命「遊俠」。

有一天，他們看到有人家結婚，便想到一個鬼點子，想要惡作劇。

他們悄悄的潛入主人家的園子裡，耐心等候。一直等到深夜，料想所有的人應該都已進入夢鄉的時候，兩人這才蹦出來，扯開嗓門大聲呼喊：「有賊！有賊呀！快來抓賊呀！」

「什麼？有賊？在哪裡？」所有的人都被驚醒了，紛紛匆匆忙忙披了衣服、套上鞋子就跑出來看，亂成一團。

沒人注意到現在新房裡只剩下新娘子一個人！

曹操與袁紹就在這時，趁亂迅速進入新房。

緊接著，曹操抽出刀，劫持了新娘，離開了新房。

而那戶人家在外頭亂跑亂找一通，根本沒有發現有什麼賊的蹤影，有人開始疑心是不是有人在惡作劇，新郎更是匆匆趕回新房，想看看新娘子有沒有受驚，這一看眞是非同小可，大吃一驚，新娘居然不見了！

「不得了！有人搶新娘！我的老婆不見了！」新郎氣急敗壞的大聲叫嚷。

大家一聽，這才明白剛才是中了賊人的調虎離山之計，也都又驚又氣，紛紛舉著火把，分頭尋找被劫走的新娘，並誓言一定要抓到那幾個可惡的壞蛋！

而曹操和袁紹，在黑暗之中輪流背著新娘急急忙忙的奔逃，由於心裡慌張，對這一帶的地勢本來又不熟，一下子就迷了路，袁紹一不小心還一腳踩空，掉進了一個滿布荊棘的小洞。

袁紹急得立刻向曹操呼救：「快來拉我一把！我出不來呀！」

萬萬沒想到，曹操非但沒有上前去拉袁紹，反而轉頭對著「追兵」的方向大喊：「快來人呀！找到賊了！賊就在這裡！」

袁紹一聽，嚇得魂兒都快沒了，也不知道哪來的力氣，竟然三兩下就奮力掙脫了那些荊棘，從那個小洞中爬了出來。

一爬出來，曹操只說：「快走！快走！」袁紹也來不及多說什麼，只好慌慌張張的跟著曹操趕緊狂奔。

等到兩人背著新娘子終於脫險，袁紹沒有忘記曹操剛才居然想陷害自己，生氣的厲聲質問道：「你剛才幹麼要那樣亂叫啊？這不是存心要讓他們來抓住我嗎？」

曹操卻只是笑笑，「如果我不那樣叫一下，恐怕你到現在還陷在那個洞裡，動彈不得呢！」

曹操的機智，由這個故事可見一斑。

曹操從二十歲開始步入仕途，一路奮鬥，最後官至丞相、晉爵爲魏公，當了魏王。在他死後，兒子曹丕代漢稱帝，建立魏國，遂追尊他爲魏武帝。

望梅止渴

「望梅止渴」這個故事，也是源自曹操。

曹操行軍，因爲水源斷絕，又找不到可以取水的地方，將士們都口渴得難受。

怎麼辦呢？爲了安撫大家，也爲了鼓舞大家繼續向前走，曹操想出了一條計策。

他告訴所有的將士：「弟兄們，再堅持一下！在前面不遠的地方，有一大片梅林，梅子很多，等我們到了那片梅林，吃了又甜又酸的梅子，就可以解渴了。」

曹操這番說法實際上是給大家一個強烈的心理暗示。果然，大家聽說前面有梅林，想起梅子的酸味，唾液腺自然而然的就自動分泌，每個人剛才還乾得要命的嘴巴裡馬上就有了一些口水，這麼一來，大家也就很自然的產生了繼續向前邁進的勇氣和力量。

就在這種「馬上就可以吃到梅子，解除口渴」信念的支撐之下，大隊人馬果眞順利抵達了前方的水源，也得以眞正解決了危機。

眞假魏王

如果你要寫一篇文章，可是沒有時間寫、或不知道該怎麼寫，於是找了一個朋友來幫忙寫，寫好之後冠上你的名字，這種情形，就叫作請朋友來「捉刀」。

當然，像這樣請別人「捉刀」（實際上也就是幫忙代筆）的多半都是一些無傷大雅的文章，比方說長官在會議上的發言稿，往往就是由祕書代筆，如果是正式的報告之類的文章，請人捉刀就是很不好的。

「捉刀」這個詞兒，據說是源自《世說新語》容止篇上一則與曹操有關的故事。

漢獻帝建安二十一年五月，曹操晉爵爲魏王。這一年，南匈奴單于也特別遣使入朝，特別來祝賀曹操晉爵爲魏王。

在這種情形之下，出於禮節，曹操當然應該要接見匈奴的使者，可是曹操覺得自己長得不夠英俊，擔心不能在遠方國家的使者面前稱雄，便想了一個辦法——命令崔琰假冒成自己接見來使，自己則拿著刀站在「魏王」的座榻邊。

（《世說新語》上說：「……帝自捉刀立床頭。」「帝」就是曹操，在曹操死後，他的兒子曹丕代漢稱帝，建立魏國，追尊他爲「魏武帝」。「床」是指座榻。）

崔琰是三國時魏清河東武城人，長得高大氣派；曹操認爲，「魏王」就應該是這個樣子，才能在匈奴使者面前很有光彩。

接見完畢，曹操故意叫人去問問匈奴使者：「你對我們魏王的印象怎麼樣？」

沒想到匈奴的使者竟說：「魏王確實是儀表非凡，不過，提著刀站在魏王座榻旁邊的那個人，看起來才像是一位眞正的英雄豪傑。」

曹操得知匈奴使者的反應，大吃一驚。他一方面訝異遠方來使的眼力竟然這麼好，另一方面大概也是有些惱怒匈奴使者似乎並沒有上當，竟派人去追殺匈奴的使者。

心狠手辣的曹操

長久以來，曹操在民間老百姓的心目中一直有一個「心狠手辣，詭計多端」的形象。《世說新語》假譎篇中有兩個故事，也是刻畫曹操這方面的形象。

◎ ◎ ◎

魏武帝曹操擔心有人會想謀害自己，便常常對大家說：「如

果有人在接近我想謀害我時，我會心跳得特別厲害，這樣我就會馬上知道這個人想要圖謀不軌。」

爲了讓大家相信他眞的有這種「特異功能」，曹操找了一個倒楣鬼——一個平日與他比較親近的侍從，來合演一齣戲。

曹操叫那個侍從身懷利刃悄悄來到他的身邊，讓他在眾人面前證實一下自己的「特異功能」。

曹操對侍從說：「到時候我當然會假裝把你抓起來，但是你不要怕，只要你不說是誰指使你幹的，我保證你沒事，而且我還會重重的報答你。」

侍從相信了曹操的話，按照曹操的吩咐，在懷裡藏了一把尖刀，慢慢朝曹操靠近。

「哎呀！我心跳得好厲害！來人哪！把他給我抓起來！」曹操搗著胸口大叫。

左右立刻衝上來，迅速制服了侍從。當大家果眞從他懷裡搜出一把尖刀的時候，每個人都感到非常驚訝，簡直是不可思議！

儘管被抓，那個侍從並不害怕；按照曹操事先告訴他的「計畫」，他一心以爲這只不過是「計畫」中的一部分！

沒想到曹操竟然把他給殺了。那個可憐的侍從到死都沒弄清楚是怎麼回事，他大叫冤枉，說自己只是聽從曹操的安排，但當然被大家認定是胡言亂語，不值一提。

在這件事以後，大家對於曹操的「特異功能」果然都深信不疑，那些圖謀叛逆的人都洩氣了，根本不敢輕舉妄動。

◎　◎　◎

曹操常常交代左右：「在我睡覺的時候，不可以隨便靠近我，因爲，即使我睡著了，只要一有人靠近我，我馬上就會抽刀殺了他，連我自己也沒有辦法控制，你們一定要特別小心！」

爲了讓左右重視自己所說的話，有一次，曹操就假裝入睡，打算伺機而動。這時，有一個侍從怕他著涼，悄悄拿著被子過來替他蓋上，其實這個侍從平日很得曹操的喜愛，但是爲了警告大家不要在他睡覺的時候接近他，進而保護自己，使那些想對自己

不利的人不敢趁自己睡覺的時候動手，曹操還是狠下心來把這個侍從給殺了。

從此，當曹操在睡覺的時候，果然再也沒有人敢靠近他了。

白雪紛飛像什麼

隆冬時節，天上飄著雪花，謝安與家人聚在一起，共敘天倫，並且和幾個兒女談論一些書中的義理。

不一會兒，雪下大了。謝安一時興起，便問幾個孩子：「白雪紛紛何所似？」

意思是說，你們看，這白雪紛飛的景象，看起來像什麼呀？（謝安大概是想趁機考考孩子們的想像力和聯想力吧。）

侄子胡兒首先說：「撒鹽空中差可擬。」

意思是，很像在空中撒鹽哪。

侄女道韞接著說：「未若柳絮因風起。」

意思是，用「空中撒鹽」的比喻，還不如說是像許多柳絮隨風飄舞呢。

謝安聽了，高興得大笑，顯然是對道韞「柳絮因風起」的比喻非常欣賞。

這位謝道韞姑娘，是謝安長兄謝無奕的女兒，日後是一位有名的才女。看來在她還小小年紀的時候，就已經可以看出她在文學上的天分了。

謝道韞長大之後，成爲左將軍王凝之的妻子。

其實，白雪紛飛，有時很像柳絮漫天飛舞，有時確實也很像是老天爺在空中撒鹽，只不過「柳絮因風起」聽起來比較美，也比較有意境罷了，所以才會受到謝安那樣的激賞吧。

解夢

有人問殷浩：「爲什麼大家都說，夢到棺材就會升官，夢到糞便等排泄物就會發財呢？」

殷浩回答：「這很好理解，也很合理呀！因爲官職本來就是臭腐之物，所以在得到它之前會先夢到棺材，棺材裡有死屍啊；而財物本來就是糞土，所以在得到它之前自然也就會先夢到汙物了。」

聽過殷浩這番比喻的人，都覺得殷浩的解釋非常高明。

假相

東漢後期有一位儒家學者，名叫鄭玄，從小勤奮好學，天分也很高，十三歲的時候就能誦五經，被大家稱爲「神童」。

鄭玄一直好學不倦，到了三十七歲左右，還西行入關，拜一位鼎鼎大名的馬融爲師。

不過，這位馬融，似乎架子挺大。鄭玄拜師已經三年了，卻連老師的樣子都還沒見過，只得到馬融的高足弟子的傳授。

對於這樣的情況，鄭玄也沒有辦法，只得耐心等候。

直到有一次，馬融演算「渾天」得不出結果，在場眾多弟子也都束手無策。鄭玄的機會來了。

「渾天」，是古代解釋天體的一種學說。

這時，有人說鄭玄能算。

「是嗎？」馬融半信半疑，就叫人去把鄭玄叫來。

鄭玄來了以後，只見他很有自信的轉動械盤，很快就算出來了。

「哇！好厲害啊！」眾人都感到非常佩服。

就連馬融，也不禁要對鄭玄另眼相看。從此，鄭玄總算可以經常見到老師，經常有機會向老師請教了，學問更是日益精進。

後來，當鄭玄學成準備東歸的時候，馬融還發出了「禮樂皆東」的感嘆。

接下來，傳說馬融擔心鄭玄的學問已超過自己，今後恐怕將獨享盛名，因而心生忌恨，竟然想派人去追趕鄭玄，想要對鄭玄不利。

（不過，很多人都認爲這種說法並不可信，甚至有離間馬融、鄭玄師生關係的嫌疑。）

總之，鄭玄走到半途，突然有一種奇異的感覺，彷彿有一股很重的殺氣正直撲自己而來。他知道是後面有追兵，急中生智，趕緊坐在橋下，並將木屐浮於水面。

這麼做，是要製造一個假相。

果然，馬融轉動械盤，忽然有一個驚人的發現！

「鄭玄現在在土之下水之上，並且還挨著木頭，這表示他一定已經死了，不用追了。」馬融告訴那些正要準備去追趕鄭玄的人，取消了邪惡的計畫。

據說，鄭玄就這樣逃過了一劫。

管寧和華歆

東漢末年有一個很有名聲的人，名叫管寧，據說是春秋時期齊國宰相管仲的後代。

管寧十六歲喪父，生活非常困難，但他非常的有志氣，堅持著自立自強的信念，不願意接受別人的幫助，就連求學所需要的費用，也是靠著自己的勞動所換來的。

求學期間，有一個同窗，名叫華歆，比管寧年長一歲，管寧一直將華歆當成是自己的兄長一樣，兩人也一度是相處得還挺不錯的朋友，一直到後來陸續發生了兩件事……

有一天早晨，管寧和華歆一起在園中鋤草，鋤著鋤著，忽然看到地上有一枚錢，其實兩人都看到了，不過管寧像完全沒看到似的，繼續賣力地揮動著手中的鋤頭，絲毫沒有停下來，華歆卻立即停了下來，撿起那枚錢，丟到路旁之後，才繼續鋤草。

又過了幾天，兩人在一起讀書，忽然從外頭傳來一陣喧鬧，管寧像沒聽見似的，照樣動也不動的讀書，華歆卻立刻放下書，跑到窗口朝外張望，果然看到有達官貴人正聲勢浩大的經過，那種氣派和架勢，令華歆看著看著不由得心生幾分羨慕。

等到車隊通過，鑼鼓聲也漸漸遠去，沒有什麼熱鬧可看的時候，華歆回過頭來，卻驚訝的發現，方才和管寧還一起坐著的席子，不知道什麼時候居然被割成了兩半！

「這是怎麼回事？」華歆問道：「是你割的嗎？」

管寧平靜的說：「是的。」

華歆覺得莫名其妙，「好好的席子，幹麼要割開呢？」

「因爲，你不是我的朋友。」管寧這麼說的時候，仍然非常平靜，講完之後馬上就回過頭去繼續埋頭苦讀。

華歆自然是頗爲惱怒，但也有些慚愧，知道管寧的意思是認爲和自己志趣不同，顯然是覺得自己把富貴之事看得太重了，因此也不好多說什麼，只得悻悻然的坐到一邊去了。

路旁的果樹

王戎小時候，就在某些方面表現出良好的觀察力和判斷力。

在他七歲那一年，有一天，和幾個小伙伴一起到外面去玩。經過一條大路，路旁有很多李樹，這時正是李子成熟的季節，只見李樹上結滿了許多的李子，多得把樹枝都壓彎了。

「哇！太好啦！」孩子們看到這些伸手可得的李子，都非常高興，一個個爭先恐後的趕緊跑去摘。

只有王戎仍然站在原地，動也不動。

有人覺得奇怪，就問他：「大家都去摘李子，爲什麼你不去呢？這些李子這麼多、這麼容易摘，又不要錢。」

王戎說：「這些李樹就在路旁，想摘李子的話那麼方便，樹上卻還有那麼多的李子，可見這些李子一定不好吃，要不然不是早就被人家摘光了嗎？」

正說著，小伙伴們都已摘了好多李子，隨便往衣服上擦了一擦，就紛紛迫不及待的張開嘴巴，準備大口品嘗……

「哎喲！苦死了！」小伙伴們一個個皺緊了眉頭，表情扭曲，大多只吃了一口就趕緊吐了出來，還猛伸舌頭，痛苦萬狀。

小王戎的判斷一點兒也沒錯，這些路旁果樹上的李子，果然都是苦的。

善於廢物利用的陶侃

陶侃爲人非常認眞嚴格，做事也非常細緻。

在他擔任荊州刺史的時候，曾經下達過一項命令——命令船官把造船時所產生的鋸木屑全部收集起來。

船官自然不敢違抗陶侃的命令，心裡卻是一肚子的疑問：幹麼要收集鋸木屑呀？收集起來之後，還得騰出地方來放這些廢物，不是很沒有意義嗎？

一直到了正月初一，這一天，廳堂前的台階上因爲雪後初晴而泥濘不堪，很不好走，還很危險，容易滑倒。陶侃就命令部下把之前收集的鋸木屑拿出來，用鋸木屑把台階全部覆蓋，這樣大家進進出出就很方便，也很安全了。

到這個時候，大家才知道，原來看似毫不起眼的「廢物」，也還是會有作用的。

又有一次，官府要徵用竹子，陶侃一方面執行命令，一方面也命令部下把原本被視爲「廢物」的根部截下來，然後全部保留起來，堆積如山。

後來，桓溫征討四川，在組裝戰船的時候，這些竹頭都被當做竹釘來使用，非常堅固耐用，也大量補充了竹釘的需求。

據說，不久有一個官員深得陶侃這種心思縝密、充分利用資源的「眞傳」；在陶侃執行朝廷命令，徵用當地竹篙的時候，這個官員把竹子連根拔起，然後將竹根當作竹篙的鐵腳來使用。這種作法令陶侃大爲激賞，立刻將他連升兩級予以任用。

（只是——可憐的竹子啊。）

有學問的廚子

服虔對《春秋》很有研究，想要爲《春秋》作注。

爲了追求盡善盡美，服虔不但大量蒐集資料，也很希望能夠多方了解參照一下不同的見解，使自己日後的著作更臻完美，也更具權威性。

這時，他聽說當地一位頗具名望的學者崔烈，正要召集門生講解《春秋左傳》，便十分渴望能夠聆聽。

於是，服虔隱姓埋名，受崔烈門生的雇用，爲他們做飯。每到崔烈開講的時候，服虔便悄悄在門外偷聽。

這樣「私下旁聽」了一陣子，服虔對於崔烈的「學術水平」有了一定的了解，也有了基本的評價。他的評價是——「並不如我呀！」

在接下來的日子裡，服虔漸漸愈來愈忍不住和崔烈的門生評論起崔烈所講的內容；有肯定的意見，也有批評的意見。

久而久之，這些意見陸陸續續傳到了崔烈的耳裡。

崔烈倒是一個很有風度的人，能夠以相當客觀的態度來看待這些意見，發覺有些批評相當有深度，顯示出批評者的水準甚至在自己之上。

當崔烈得知這些批評竟是來自於一個燒飯的廚子時，非常驚訝，但馬上就轉念一想，一個廚子不可能有這樣精闢的見解，只有對《春秋左傳》非常有研究的人，才能有這樣的實力。

崔烈緊接著又想，當今除了自己之外，還有誰是對《春秋左傳》很有研究的呢？……很快的，他想到了服虔。

崔烈久聞服虔的大名，但從來沒見過面。

這個很有學問的廚子會是服虔嗎？

懷著這樣的猜測，第二天一大早，崔烈便來到服虔的住處，站在服虔的床邊，大聲叫道：「子慎，子慎！」

子慎是服虔的字。古時候在朋友之間，通常都是稱呼對方的

字。

服虔由於剛從夢中驚醒，缺乏警覺性，一聽到有人在叫自己，馬上就很自然的應道：「啊？誰叫我？什麼事啊？」

不過，暴露身分之後，崔烈並沒有把他轟出去，反而以禮相待。後來，崔烈和服虔就成爲了好朋友。

真人不露相

羊孚在年輕的時候，就已經顯露出非凡的才華，爲人也相當率眞。

有一天，他一大早就來到好友謝混的家。

「你來得正好，你一定還沒吃吧？待會兒和我一起吃早餐，裡頭已經正在準備了。」謝混說。

「好啊。」羊孚也不推辭，滿口答應。

不一會兒，王齊和王睹兄弟倆也來到謝混的家。

「待會兒一起用早餐吧。」謝混和王氏兄弟簡單寒暄了幾句之後，便接著和羊孚繼續談論玄理。

王氏兄弟過去從來沒見過羊孚，不知道他是誰，只覺得此人似乎不懂規矩，也缺乏教養。

王氏兄弟一向自視甚高，向來有些不可一世，現在更覺得眼前這個小子很不識相，既然看到他們來了，實在應該趕緊自動離去才對，可是這小子非但賴著不走，還那麼大模大樣的把腳放在几案上，吟詠顧盼，神態自若的高談闊論！簡直是豈有此理！

奇怪的是，主人謝混爲什麼對這個小子這麼客氣？而且，好像還非常熱中於與他談話？難道是這小子的言論有什麼特殊之處？……

這麼一想，王氏兄弟便紛紛靜下心來，試著聽聽看。

這一聽，他們馬上就聽出羊孚原來是一個很有學問、很有才華的人，怪不得主人謝混對他會那麼禮遇、那麼敬重！

於是，兄弟兩人也非常積極的加入羊孚與謝混的談話。

談了一會兒，豐盛的酒菜擺了下來，四人一起用餐。席間，王氏兄弟對羊孚熱情得不得了，一直非常殷勤的爲羊孚夾這夾那，又是敬酒又是倒酒的。兩人一心只顧照應著羊孚，連自己都顧不上吃。

不過，羊孚在一開始吃飯之後，就不大說話了，只是一個勁兒的埋頭大吃。

吃完了，羊孚立刻就嚷著要走。

王氏兄弟因爲現在已經了解到羊孚不是一個普通人，很想再多認識認識他，便苦苦挽留，可是羊孚仍然堅決要走，並且說：「剛才沒有遵命離去，是因爲當時肚子還空空的。」

一想到方才自己有眼無珠，居然對此高人面露嫌棄的神色，而且還被人家看出來，王氏兄弟不禁都感到非常慚愧。

羊孚的弟弟娶了王永言的女兒。王家見女婿那天，羊孚陪著弟弟一塊兒去。

當時，王永言的父親，也就是曾任東陽太守的王臨之還健在，王家見女婿當天，王臨之的女婿殷仲堪也在座。

見到殷仲堪也在，羊孚相當高興，因爲羊孚對玄理很有興趣，也有一定的研究，殷仲堪又是這方面公認的專家，於是，羊孚就主動和殷仲堪談起《齊物論》（《齊物論》是《莊子》的名篇）。

不過，對於羊孚所言，殷仲堪似乎不大同意，數度駁難羊孚。羊孚絲毫不以爲意，反而很有信心的對殷仲堪說：「只要我們再繼續談下去，您的觀點很快就會和我一樣的。」

殷仲堪聽了，笑著說：「道理可以盡情闡述，闡述得愈透徹

愈好，可是我們彼此的觀點何必一定要相同呢？」

然而，在繼續又交談幾個回合以後，殷仲堪非常驚訝的發現，兩人的觀點果然眞的統一貫通，完全一致了。

殷仲堪不禁大爲讚嘆道：「你說的一點也沒錯，我再也提不出相反的意見了！」

說罷，一方面大讚羊孚是後起之秀，另一方面也爲此感嘆了很久。

性情極壞的歌女

魏武帝曹操有一個歌女，聲音最爲動聽，也最爲清亮，深受曹操的喜愛。

可是這個歌女的性情卻極壞，這一點又令曹操非常厭惡，厭惡到不止一次想殺掉她，只不過每當快要動手的時候，曹操又捨不得了。畢竟，這個性情極壞的歌女有一副那麼好的嗓音，殺了她，以後就再也聽不到了。

但是要繼續留著她，曹操又覺得很不能忍受……

怎麼辦呢？後來，曹操就派人精挑細選了一百個歌女，又請了極爲高明的老師對她們同時進行訓練。這樣過了一段時間，終於又有一個歌女的嗓音和歌唱技巧有長足的進步，可以趕得上之前那個性情極壞的歌女了。

這也表示那個歌女的末日來到。很快的，她就被曹操給殺了。

（可見「恃才傲物」是很危險的呀！沒有誰是眞正完全無法取代的。）

自備棉繩

桓玄，是東晉大司馬桓溫的小兒子，深受桓溫的寵愛。桓溫在臨終前，指定由桓玄爲繼嗣，來襲爵南郡公，當時桓玄年僅五歲。

桓玄長大以後，自恃門第高貴，出身不凡，自己又才華出眾，總認爲自己理當擁有一番輝煌的事業。然而，由於父親桓溫在晚年時曾有過造反的念頭，桓玄及其兄弟都很難受到朝廷的信任，甚至還遭到了排擠和打壓，在仕途上的發展並不順利。

桓玄很喜歡打獵，每次打獵，總是大張旗鼓，聲勢浩大。他不僅喜歡帶著大隊人馬，以至於每次都是至少在五、六十里的範圍之內旌旗遍野，不知情的人恐怕都會以爲是發生了什麼戰事，哪裡會想到只不過是南郡公在打獵。

而在打獵的時候，桓玄那股認真的勁兒，也活像是在打仗，不僅駿馬馳騁，追擊如飛，左右兩翼攻勢凌厲，勇往直前，無論是碰到山陵或溝壑，都還是悶著頭直衝，絕不避開。

大家之所以會這麼拚了命的打獵當然是有原因的，因爲桓玄的要求很高，脾氣也很不好。如果隊伍排列得不整齊，大家表現得不夠有精神，或是所追蹤的獐子、野鹿逃跑了，桓玄都會大發雷霆，當場把幾個部下綁起來出氣。

久而久之，只要桓玄打獵，每一個人的心情無不是戰戰兢兢。

桓道恭，是桓玄的同族人，和桓玄一起打過幾次獵，對於桓玄這種跋扈霸道的作風頗不以爲然，很想找機會規勸桓玄。

桓道恭想了一個辦法，每次和桓玄一起出去打獵時，總是帶著一條非常醒目的紫紅色的棉繩，並且把它繫在腰間。

有一次，桓玄終於注意到桓道恭腰間的這條繩子，奇怪的問：「你幹麼老是繫著一條繩子呀？」

桓道恭立即若無其事的回答道：「好讓你來綁我啊。」

「什麼?」桓玄一時不能會意。

桓道恭繼續說：「每次打獵，你只要一不高興，不是總喜歡綁幾個人嗎?我看我遲早有一天也會被你綁起來，到時候，你就可以拿這條我已經準備好的棉繩來綁我，否則，一般那些粗繩上面的芒刺太多了，我可受不了啊。」

桓玄聽出了桓道恭話中有話，有著明顯的諷刺和規勸意味，一時之間不知道該怎麼回應，神色也頗爲尷尬。

但經過桓道恭這番提醒，桓玄終於意識到自己的行爲頗爲不妥，從此便收斂多了。

最貼切的比喻

桓玄、殷仲堪和顧愷之在一起閒聊。大家心血來潮，想做一個「比賽」，比誰能說出一句形容某件事情最終完結的最貼切的話。

顧愷之首先說：「火燒平原無遺燎。」

「燎」是指火燒之後的餘燼。「遺燎」就是剩下的餘燼。火燒平原之後，連一點餘燼也沒剩下，自然是徹底完結了。

桓玄說：「白布纏棺豎旒旐（ㄌㄡˊ ㄓㄠˋ）。」

「旒旐」是指出殯時靈柩前的幡旗，而所謂「幡旗」又是指出殯時孝子手裡拿的那種狹長的像旗子一樣的東西。桓玄這句話所形容的是生命的終結。

殷仲堪則說：「投魚深淵放飛鳥。」

把魚放回深淵，把鳥放飛，原來所擁有的魚和鳥當然也就沒了，不可能再找回來了。

大家咀嚼一番，都覺得用這三句話來比喻事物終結都很貼切、很傳神。

既然分不出高低，於是又展開第二回合的比賽。這一回，大家商議要用一句話來形容某一種最危險的情況。

桓玄說：「矛頭淅米劍頭炊。」

「淅米」就是「淘米」，「炊」就是指燒火做飯。將士的武器居然都拿去淘米和燒火做飯了，沒有武器，實在是非常危險。

殷仲堪說：「百歲老翁攀枯枝。」

一百歲的老先生竟然去攀爬脆弱的枯枝，要是摔了下來可怎麼得了？實在是太危險了。

顧愷之這一次是最後發言。他說：「井上轆轤（ㄌㄨˋ ㄌㄨˊ）臥嬰兒。」

「轆轤」是一種汲水的用具。小嬰兒躺臥在井邊的轆轤之上，隨時都可能掉進井中，確實是非常驚險。

這三種情況都很危險，但到底哪一種情況最危險？到底誰的比喻是更勝一籌呢？

大家正在玩味和思索，這時，在座有一個殷仲堪的參軍也想到一個非常危險的情境，脫口而出道：「盲人騎瞎馬，夜半臨深池。」

「臨」在這裡是接近、靠近的意思。

想想看這是一個多麼驚險萬狀的場面——人和馬都看不見，又在伸手不見五指的三更半夜，靠近深不可測的水潭……

不用再多想，桓玄和顧愷之都已經立刻拍手叫絕：「這個好！這個最好！沒有比這還要更危險的情況了！」

只有殷仲堪的臉色不是很自然，頓了半晌才說：「真是咄咄（ㄉㄨㄛˋ ㄉㄨㄛˋ）逼人啊！」

「咄咄逼人」是指盛氣凌人、使人害怕的意思。

大概是因爲殷仲堪有一隻眼睛是瞎的，所以才格外感到「盲人騎瞎馬，夜半臨深池」實在是非常的恐怖吧。

羅企生

東晉在淝水之戰後，政局便一直動盪不安，內亂不斷。

在晉安帝隆安三年十二月，江州刺史桓玄爲了占據長江中游，突然起兵攻占荊州。荊州刺史殷仲堪逃亡，殷仲堪手下十幾個將領和部屬則統統都被桓玄抓起來；諮議參軍羅企生也是其中之一。

說起來，羅企生算是桓玄的老朋友，過去桓玄一直非常敬重羅企生的人品和才幹，對羅企生本人及其家人都相當客氣和照顧，還曾經送過一件昂貴的羔羊皮襖給羅企生的母親。

實際上，也不過就在一年前，桓玄和殷仲堪還有南蠻校尉楊佺期都還是盟友，殷仲堪還力推桓玄爲盟主，他們以反對會稽王司馬道子及其子司馬元顯爲名義，聯合舉兵，與朝廷對抗。沒想到後來形勢轉變，三個盟友發生了內訌，殷仲堪和楊佺期更因此而先後死於桓玄之手，眞是世事難料啊！

荊州城破之後，由於當時殷仲堪已出逃，桓玄展開了血腥鎮壓，大肆殺戮。

在即將處決一批殷仲堪的部屬時，桓玄知道羅企生將在這一波被處決的名單中，心有不捨，便派人事先悄悄來到監獄，傳話羅企生，說只要肯向他認罪，他馬上就開脫羅企生的罪責。

桓玄有意放羅企生一馬的意圖是很明顯的了。對於羅企生來說，這不僅是死裡逃生絕佳的機會，甚至還很可能獲得高官厚祿……只要他願意向桓玄示好，向桓玄認罪！

但是，羅企生並不是一個見風轉舵、賣主求榮的人，面對這樣一個在許多人眼裡可能是非常難得的機會，他毫不考慮的拒絕了。

羅企生平靜的對桓玄的使者說：「我是殷荊州的部下，現在他逃亡在外，生死未卜，我有什麼顏面向桓公謝罪？」

招降不成，桓玄決心要殺羅企生。

在羅企生被帶入刑場的時候，桓玄還是覺得就這樣殺了羅企生實在是非常可惜，於是再度派人去問羅企生，有沒有什麼話要說？言下之意無非是如果羅企生現在肯認罪求饒，桓玄仍將放過他。

然而，羅企生仍然拒絕了求生和求榮的機會，只語帶懇切的對使者說：「從前，晉文帝殺了嵇康，他的兒子嵇紹卻沒有受到牽連，反而還受到重用，依然是晉朝的忠臣……」

後來，惠帝在動亂中敗於湯陰，當時百官都只顧著逃命，只有嵇紹一直忠心耿耿的隨侍在惠帝的身邊，拚命想保護惠帝，最後更因此犧牲了生命。

羅企生繼續說：「我死而無憾，但懇請桓公能放了我弟弟遵生一條生路，讓他代我奉養老母親，盡了孝道。」

生死關頭，羅企生沒有想到自己，只一心掛念著老母親和弟弟，這讓桓玄也深受感動，便真的放過了羅遵生。

荊州被桓玄攻占的時候，羅母不在城內，而是在豫章郡，當羅企生遇難的噩耗傳來，羅母痛不欲生，馬上就燒掉了桓玄當初送給她的那件珍貴的羔羊皮襖。

顧愷之的故事

在中國繪畫史上，魏晉南北朝是一個非常重要的時期。被後人譽爲「才絕、畫絕、癡絕」的顧愷之，就是東晉的著名畫家。

顧愷之，字長康，是無錫（今江蘇無錫）人。顧家是江南的望族，顧愷之在年輕的時候和簡文帝是挺要好的朋友，兩人又同齡，當簡文帝發現顧愷之比自己先冒出白頭髮的時候，覺得很奇怪，問顧愷之是什麼原因，顧愷之有一番妙答。

他說：「您就像松柏，雖然經過霜雪的摧殘，枝葉仍然非常茂盛，而我卻像蒲柳，秋天一到就先凋零了。」

（就算是拍馬屁吧，顧愷之這個馬屁也拍得很到家，而且很雅，由此也可看出顧愷之的聰慧和機敏。）

◎ ◎ ◎

顧愷之是一個很有悟性的人。比方說，他吃甘蔗的時候，一定是先從甘蔗的末端開始吃，別人問他爲什麼，他只說了四個字——「漸至佳境」。

意思是說，這樣才可以逐漸進入美好的境界啊。因爲，甘蔗是愈上面愈甜、愈好吃，末端是最不好吃的部位。

◎ ◎ ◎

顧愷之所畫的人物像最具特色，也最享盛名。關於他在畫人物像時的過程，以及他對人物畫的精湛技巧，有很多有趣的小故事。

・顧愷之畫人物像，最重視的就是眼睛，有時候一幅人物像畫好了，經過幾年他都還不畫上眼珠子。別人問他原因，他說：「四肢的美醜，本來就與畫的精妙與否無關，但一

幅人物像要逼眞傳神，關鍵就在這一點上。」

因此，他要琢磨得很透徹之後，才肯畫上眼睛；他不但是要畫出眼珠子，還要畫出眼神，這實在是很抽象，當然不容易畫得好。

顧愷之曾經說：「畫『手揮五弦』容易，畫『目送歸鴻』難。」也是這個道理。

（「鴻」是一種水鳥，頸和背部是灰褐色，腹部是白色，比「雁」的個頭要大。）

‧顧愷之想爲殷仲堪作畫，殷仲堪說：「我形象醜陋，就不用麻煩了吧。」顧愷之知道殷仲堪是擔心自己只有一隻眼睛，畫出來不好看，便對殷仲堪說：「不要擔心，只要清晰的點上瞳子，再用飛白的技法在瞳子上輕輕掠過，就可以呈現出那種『淡淡的雲彩遮住了太陽』的效果。」

‧顧愷之的人物像並不完全是寫實的。比方說，他爲裴楷畫人物像，特意在裴楷的臉頰上平白添加了三根毛。別人問他爲什麼，顧愷之說：「裴楷俊逸清朗有才識，我認爲這樣畫才可以表現出他的識見不凡。」大家再仔細研究，發現添了這三根毛以後，裴楷看起來確實更有精神，不禁大爲折服。

・顧愷之的人物像總希望能表現出主人翁的性格特點。譬如，他爲謝幼輿畫人物像，特意把謝幼輿畫在山岩之中，理由是謝幼輿向來喜歡遊山玩水，把他畫在山岩之中（應該也是意謂著置身於大自然吧），更能表現出謝幼輿的特質。

七步作詩

當曹操在洛陽病故之後，曹丕以魏王太子的身分，繼承大統爲魏王。不久，漢獻帝就被迫禪位於曹丕。

曹丕即皇帝位之後，對弟弟曹植特別有戒心。曹丕本身已經是一個很有文采的人，可偏偏曹植的才學並不會輸給他，再加上曹植早年曾經深受父親曹操的寵愛，一度還差一點兒就要被立爲太子，這更是讓曹丕的心裡感到非常的不痛快，總有一個心結。

這天，曹丕把弟弟曹植召來，命令他在七步之內作出一首詩，來證明自己確實很有才華，並不是浪得虛名，如果七步之內作不出一首詩，就要將他處以極刑。

這實在是太狠了！所有在場的人都認爲曹植一定死定了！但這既然是皇帝的命令，當然沒有人敢多說什麼。

曹植開始邁開腳步，一步，兩步，三步……七步！邁七步所

花的時間不過就像一眨眼的工夫啊！

所有的人都屏息以待。

曹植面色凝重的開口了：

煮豆持作羹，

漉菽以爲汁。

萁在釜下燃，

豆在釜中泣。

本是同根生，

相煎何太急！

意思是說，煮豆做成羹，過濾煮熟後發酵過的豆子，則用來製成調味的汁液；曬乾後的豆莖被當作柴火在鍋下燃燒，豆子則在鍋裡哭泣；哭泣什麼呢？可能是想到正在鍋下煮著自己的豆莖其實是同根而生，爲什麼現在卻如此急切的自相殘害呀！

曹植一吟完這首詩，曹丕的臉上不禁也流露出慚愧的神色……

其實，曹植也知道，哥哥命他七步作詩，是要藉故殺他，

「本是同根生，相煎何太急！」正充分反應出他內心的悲傷和哀怨。

這兩句詩的比喻實在是太貼切、太生動了，千百年來就一直成爲大家在勸阻失和的兄弟互相迫害時，所最常說的話，十分深入人心。

離間

殷仲堪得知王緒多次在王國寶面前說自己的壞話，心裡很不是味道，也有一點擔心，深恐王國寶會因此對自己有不好的看法。

這天，殷仲堪把自己的苦惱告訴王珣，並請王珣幫自己出出主意，該怎麼樣來應付這棘手的情況。

王珣說：「這個問題很好解決，從現在開始，您只要經常去拜訪王緒，和他東拉西扯，閒話家常，可是千萬要記得在談話開始之前，一定要先屏退左右。」

殷仲堪按照王珣的意見去做。過了一段時日，有一天，王國寶見到王緒，主動提起：「聽說殷仲堪最近常常和你在一起？你們在一起的時候都談些什麼？」

王緒說：「還不都是一些雞毛蒜皮的瑣事，沒什麼特別的事。」

「眞的嗎？」王國寶頗爲懷疑的問：「可是我聽說你們在談話的時候都屏退了左右……」

王緒急了，「眞的沒有談什麼特別的事呀，只不過是普通的交談罷了。」

可王國寶還是不信。按照常理推測，談話時會需要屏退左右，一定是表示要談論一些機密的事，不願意被別人聽到。因此，王國寶認定王緒對自己不夠坦誠，一定是有什麼事瞞著自己。

王國寶愈想愈不痛快，從此，便和王緒愈來愈疏遠，再也沒有以前那種交情。

這麼一來，王緒就再也不能在王國寶的面前說殷仲堪的壞話了。

郭璞的故事

晉代有一位非常有名的大學問家，名叫郭璞，不僅在古文字學和訓詁學方面有很深的造詣，曾經注釋過《周易》、《山海經》、《爾雅》、《楚辭》等古籍，對於曆算以及卜筮也相當有研究，我們現在所說的「風水」一詞，就是源自郭璞。

正因爲郭璞那麼有學問，又會占卜和測風水，當時的人都對他相當敬畏，甚至把他當成是「活神仙」，有關於他的傳說和故事也就相當多。

晉明帝對於看風水很有興趣。有一天，晉明帝聽說郭璞爲人家相中了一塊風水很好的墓地，非常好奇，便只帶了幾個隨從，微服出訪。

◎　◎　◎

到了墓地一看，果然是一塊很不錯的墓地，但是晉明帝在仔細觀察之後，發現這塊墓地的墓穴正好是在風水所說的「龍角」上，便對墓地主人說：「你這塊墓地雖然不錯，但是墓穴的位置不對，枕著『龍頭』，踏著『龍角』，很不合適啊！不出三年，恐怕你家將要遭到滅族之災！」

墓地主人卻很不服氣，「可是這塊墓地是郭璞先生看中的呀！他說，『枕龍頭，踏龍耳』，不出三年，當致天子。」

「什麼？」晉明帝大吃一驚：「郭璞說你家不出三年，要出一個天子？」

這還得了！這不就表示不出三年，這戶人家就要造反，而且還要搶走他的帝位？

「不是的，」墓地主人說：「郭先生是說，三年之內，一定會有天子來看這塊墓地，這可是一項了不得的榮耀呀！」

（「致」，有「達到、獲得」的意思，譬如「致富」，也有「招來」的意思。）

晉明帝這才放下心來，並且對郭璞的神算更加佩服。

◎ ◎ ◎

郭璞曾經追隨過廬江太守胡孟康，在那段期間，郭璞愛上了胡府裡的一個婢女。爲了能在不動聲色的情況之下，如願娶到這個婢女，郭璞遂略施小計。

這天晚上，郭璞先將三斗小豆撒在胡宅的四周，第二天清晨，不可思議的事情發生了，太守胡孟康在將醒未醒之際，竟然迷迷糊糊的好像看見有好幾千士兵把他家層層包圍，似乎來意不善！

胡孟康一下子就徹底驚醒過來。驚魂甫定之後，急急忙忙的要郭璞卜卦、解夢，看看吉凶。

郭璞就告訴胡孟康，問題出在那個婢女的身上，要胡孟康趕緊派人把她帶到東南二十里以外的小鎮去賣掉，並特別叮嚀，價錢一定要便宜，這樣就可以逢凶化吉。

（這個郭璞，未免也太會精打細算了吧！）

胡孟康當然是立刻乖乖照辦。從此，果然再也不曾見到那個奇異又嚇人的景象了。

胡孟康對於郭璞感激萬分，幾乎是逢人就誇讚郭璞的本事。後來，郭璞要離開，胡孟康不想放人，但郭璞非常堅持，胡孟康也沒有辦法。

其實，郭璞早就暗中把自己心儀的那個婢女買來，這會兒是帶著那個婢女遠走高飛啦。

◎　◎　◎

晉朝之後是南北朝。南北朝時期有一位著名的文學家，名叫江淹，家境貧寒，但自小勤奮向學。

據說在他少年時期，曾經做過一個非常特別的夢，夢到有人

送給他一枝神筆。從此以後，江淹就才思敏捷，聲名鵲起，成爲人人景仰的文學家。

在享受了幾十年的盛名之後，在江淹晚年又做了一個夢；這個夢，和年輕時所做的那個夢有所聯繫，但情節幾乎相反，這一回，是夢見一個人（不知道是不是同一個人）向他索回那枝神筆。索回神筆的人還自稱郭璞！

據說，從此以後，江淹就再也沒有什麼好的文章出現了。這就是「江郎才盡」的典故。

（其實，江淹差不多已寫了大半輩子，享受了那麼久的盛名，也已經很不錯啦，那枝神筆也該借給別人用用嘛。）

◎　◎　◎

郭璞也曾經做過丞相王導的參軍。有一次，王導要郭璞爲自己占一卦，預測一下吉凶。

卦占好之後，郭璞的臉色很難看。王導看了，立刻有一種不祥的預感，遂提心吊膽的問道：「怎麼？不好嗎？」

郭璞說：「我就直說了吧，您即將遭遇極大的災難！」

「什麼災難？」王導簡直快要嚇壞了。

「您將遭到雷擊！」

雷擊！這可真是非同小可的災難！

王導立刻問道：「有沒有什麼消災避難的辦法？」

郭璞想了一想，回答道：「您駕車往西走幾里，會看到一棵柏樹，您趕快把樹幹截斷，長度要和您的身高相仿，然後把這段截斷的木頭帶回來，放在床上您經常睡臥的地方，這樣就可以避免災難。」

王導當然是趕緊按照郭璞的指示去做。

過了幾天，果然有一道閃電打進了王導的臥室，並且把「睡」在床上的那截柏木當場擊得粉碎！

大家都嘖嘖稱奇，一方面慶賀王導逃過一劫，另一方面也極爲佩服郭璞的神機妙算。

不過，大將軍王敦在知道了這件事以後，很不以爲然，並對

王導說：「你竟然把災禍轉嫁給樹木！」

（就是啊，可憐又倒楣的柏樹。）

◎ ◎ ◎

王敦其實也很欣賞郭璞，但郭璞最後也正是死於王敦之手。

那是在王敦日後計畫起兵叛亂的時候，要郭璞爲他預測一下吉凶。

郭璞占卜的結果是「無成」，意思就是起兵造反不會成功。郭璞並進一步對王敦說，如果起兵，一定會招禍，否則一定可以長命百歲。

王敦聽了，非常生氣，便瞪著郭璞問道：「你算過自己的壽命嗎？你可以活到幾歲？」

郭璞平靜的說：「我只能活到今天中午。」

王敦更加震怒，果眞就立刻叫人把郭璞給推出去殺了。

驢叫

王粲向來很愛聽驢叫。在王粲死後，家裡準備爲他下葬時，魏文帝（也就是曹丕）親臨弔喪，忽然回頭對王粲生前的親朋好友做了一項特殊的提議。

魏文帝說：「王粲一直那麼喜歡聽驢叫，現在大家不妨都各學一聲驢叫，爲他送行吧。」

於是，前來弔喪的人，果眞都學了一聲驢叫。

◎ ◎ ◎

喜歡聽驢叫的人不止王粲，還有一位王濟，也很愛聽驢叫。

王濟死後發喪時，來了很多人弔喪，有名望的人更是幾乎都到齊了。

最後一個來弔喪的人是孫楚。孫楚是一個很有才華的人，一向自視甚高，很少推崇別人，唯獨非常推崇敬重王濟。現在王濟

死了，孫楚內心的難過可想而知。

孫楚在王濟的遺體前痛哭失聲。他極度悲痛的哭聲感染了在場所有的人，大家都紛紛掉下淚來。

就在一片傷心沉重的氣氛中，孫楚向著靈床說：「您平常喜歡聽我學驢叫，今天我就爲您再叫一叫吧。」

說罷，就非常認眞用心的學起驢叫。

孫楚學驢叫，眞是學得唯妙唯肖，在場的人都忍不住笑出聲來。

這時，孫楚停下來，瞪著眾人，嚴厲的說：「讓你們這些人活著，卻讓這個人死了，眞是沒有天理！」

江渚夜吟

詩仙李白寫過一首詩，叫作〈夜泊牛渚懷古〉。

牛渚西江夜，青天無片雲。
登舟望秋月，空憶謝將軍。
余亦能高詠，斯人不可聞。
明朝掛帆去，楓葉落紛紛。

這首詩的大意是說，秋夜行舟，停泊在西江牛渚山（今靠近南京位於馬鞍山的采石磯，原名「牛渚磯」），天空晴朗，沒有一片雲。登上小船，仰望皎潔的秋月，徒然想起了東晉的謝尚將軍。我也是一個善於吟唱的高手哪，只可惜我就遇不到謝將軍。既然知音難遇，明天早上只好掛帆遠去，展望前程，實在就好像是深秋的楓葉紛飛一樣，無限的蕭瑟啊。

〈夜泊牛渚懷古〉是李白當年遊采石磯時所作。其中所引用的「空憶謝將軍」，以及「余亦能高詠，斯人不可聞」的典故，是發生在東晉時期，謝尚將軍和文學家袁宏之間的一段佳話（袁宏，字彥伯，小字虎，所以大家也都稱他爲袁虎）。不過，故事發生的時候，袁宏還不是什麼文學家，只不過是一個家境貧寒的少年。

由於家貧，袁宏從很小的時候開始就受雇在長江之上運送粗糧，但儘管如此，他並沒有灰心喪志，仍然堅持刻苦讀書。

在一個雲淡風清的夜晚，謝尚將軍坐船經過采石磯一帶，無意間聽到從江渚商船上傳來了吟詩的聲音，非常動聽，而仔細聽聽詩中的內容，竟然十分陌生，自己從來沒讀過，難道會是此刻吟詩的人自己作的嗎？

這麼一想，謝尚將軍就對吟詩的人感到非常好奇，馬上派人過去詢問，原來正是袁宏在吟誦自己所作的〈詠史〉。

一聽說吟詩的人只不過是一個極爲普通的少年，謝尚將軍非常驚訝，立即又派人去邀請袁宏相見，對袁宏非常賞識。

想想看，一個將軍，一個出身寒門的少年，竟能坐在一起促膝而談，這是多麼特殊而又難得的畫面。據說，第二天袁宏就隨著謝尚回到府衙，做了謝尚的參軍。

李白一直認爲自己懷才不遇，也難怪他要羨慕袁宏的際遇了。

桓溫泣柳

桓溫是東晉時期的大將，娶明帝的女兒南康公主爲妻，拜駙馬都尉，曾率軍三次北伐，「收復中原」是他一生不變的志向。

在他第三次北伐的時候，路過金城（今江蘇省境內），看見他從前擔任瑯琊內史時所種下的柳樹。算起來，那還是三十四年前的事了！當時桓溫只不過二十三歲，襲封瑯琊太守，意氣風發，少年得志，如今——他居然已經是五十七歲的人了！

看到當年種下的小小的柳樹，如今都已經長得非常高大，桓溫的心裡眞是感慨萬分。

他還清清楚楚的記得，當年當他帶領著金城百姓環城植柳的時候，自己還曾經雄心萬丈的說：「不用等到這些柳樹長大，我們就已經可以打過長江，收復中原了！」

沒想到，年輕時慷慨激昂的誓言言猶在耳，三十幾年竟然就這樣匆匆過去，當年的小樹早已長成大樹，樹幹都那麼的粗大，但收復中原的志業卻還沒有完成……

桓溫愈想愈感傷，非常感慨的說：「就連樹木都經不起歲月的流逝，一轉眼就長得那麼大，何況是人呢？……」

感慨之餘，桓溫手攀柳樹的枝條，不禁默默流下了眼淚。

吃飯和打仗

有一次，在桓溫所舉辦的宴席上，有一道菜，叫作「蒸薤（ㄒㄧㄝˋ）」。

「薤」是一種多年生的草本植物，葉子細細長長，會開紫色

的小花，鱗莖和嫩葉都可以吃。「蒸薤」則是一道用黏高粱、薤等各種原料調和蒸製而成的菜，味道不錯，就是不大好夾。

蒸薤上來之後，有一個參軍，伸出筷子去夾，但是很不好夾，老夾不起來。在這個參軍獨力奮鬥的時候，在座的人沒有一個伸出筷子去幫他一下，助他一臂之力，反而都覺得他始終緊夾著不放，不肯放棄，非吃不可的樣子很滑稽，因此都紛紛笑了起來。

桓溫很不高興，沉著臉說：「一起同桌吃飯的時候都不肯互相幫忙，還能指望在戰場上互相支援、互相關照嗎？」

宴席結束之後，方才那些袖手旁觀，只顧著看熱鬧，沒想到應該出手幫忙的人，都被免掉了官職。

柔腸寸斷

桓溫入蜀，到了三峽，隊伍中有人抓到了一隻小猿，並且把小猿帶上了船。

可是母猿不死心，一直沿著岸邊不斷的追，並且不斷的悲號，就這樣居然追了一百多里！終於追到一個地方，眼看離船很近了，母猿奮不顧身的縱身跳上船，然而，一跳到船上就死了。

士兵們不知道是否出於好奇，竟做出極其可怕的事——他們竟然把母猿的肚子剖開來，一探究竟！

這一看，大家才吃驚的發現，母猿的腸子都斷成一寸寸的了。

（可見母猿是傷心過度而死。）

桓溫在聽說了這件事以後大怒，立刻下令廢黜了那個抓小猿的人。

（不知道抓小猿的和剖開母猿肚子的是不是同一個人？如果不是，剖開母猿的人有沒有受到懲罰？因爲那也很殘忍啊。）

母親的忠告

秦朝末年，天下大亂。東陽人想擁戴一個有德行、有號召力的人，來做反秦義軍的領袖。

這時，很多人不約而同的想到了陳嬰。

陳嬰從年少的時候開始，就非常注重自己的德行修養，在鄉里之間非常的有名望。

可是，陳嬰的母親卻非常反對這個主意。

她對陳嬰說：「自從我嫁到你們陳家，一直是過著貧賤的生活，現在如果你一下子突然富貴起來，這是很不吉利的事啊！」

陳母的建議是，不要當什麼義軍領袖，不如把兵權交給別人，事成了多少可得到些好處，就算不成，禍患也不會降臨到自己的頭上。

陳嬰覺得母親的忠告很有道理，便心悅誠服的接受了。但是，大家不聽，硬是推舉陳嬰爲王，並以陳嬰之名來號召志同道合的反秦人士，短短十幾天的工夫，便發展到兩萬多人。

（可見陳嬰確實是很有號召力！）

很快的，陳嬰聲威四播，就連項梁和項羽叔侄都聽說了陳嬰的大名。項梁親自寫了一封信給陳嬰，邀陳嬰聯合反秦。

陳嬰接到這封信，趕緊向母親請教。母親說：「項家世代爲將，你只要在他們手下做事就好了。」

陳嬰覺得母親的意見相當明智，馬上召集所有將領，告訴大家：「項家是楚國世代的將軍，不如我們一起投靠他們吧！」

大家一聽，認爲也不無道理，畢竟陳嬰只是一個文吏，項梁和項羽可是勇猛的武將，於是總算同意一起去投奔項梁和項羽的軍隊，陳嬰也終於推掉了眾人一直要他稱王的要求。

這就是歷史上「陳嬰讓王」的故事。

不要做好事

三國時桐鄉令虞韙的妻子趙氏，在女兒出嫁的那一天，眼看女兒馬上就要走了，用非常慎重的口吻告誡道：「今後妳在婆家，千萬不要做好事啊！」

這是什麼話？女兒既納悶，又覺得好笑，便故意問母親：「不做好事，那可以做壞事嗎？」

這時，趙母才說：「好事都不能做了，何況是壞事呢？」

（看來這位趙氏還挺幽默的哩。）

舉目見日，不見長安

晉明帝天生就聰明伶俐。

在他還很小的時候，有一天，坐在父親元帝的膝上玩。這時，正好有人從長安來，元帝詢問洛陽的情況，談著談著忍不住流下淚來。

明帝問父親爲什麼要哭。元帝便告訴他有關西晉滅亡以後東渡之事；也就是西晉在被匈奴所滅，洛陽城破，懷帝被俘之後，元帝只好南渡長江，建國江東的事。

解釋了一會兒，元帝忽然想到，這些國破家亡的心酸和痛楚，對於一個年幼的孩子來說，似乎是過於沉重，恐怕是很難理解的吧……這麼一想，元帝就漸漸打住了這個話題，隨口問了明帝一個問題：「你認爲長安和太陽比較起來，哪一個遠？」

明帝回答：「太陽遠。」

「爲什麼?」

「因爲從來沒聽說有人會從太陽那裡來呀!」

明帝這個說法，顯然是就地取材；方才不是有人從長安來嗎?因此就說從來沒人從太陽來，可見太陽比較遠。

明帝的機敏，令元帝感到大爲驚異。

第二天，元帝召集群臣宴會。在宴席上，元帝把兒子前一天的妙答說給大家聽，大家也都大爲誇讚。

元帝意猶未盡，又當眾問了明帝一次：「你認爲長安和太陽比較起來，哪一個遠?」

沒想到明帝這一次的回答卻是：「長安遠。」

「爲什麼?你昨天不是這麼說的啊，」元帝十分意外的追問：「爲什麼長安會比較遠呢?」

明帝說：「因爲抬起頭就可以看到太陽，卻看不到長安呀!」

這番說法同樣是非常巧妙，然而，在場的人聽了，卻都心情沉重，一片沉默……

自從西晉被匈奴所滅之後，許多士大夫和老百姓也都紛紛南渡長江，過著漂泊異鄉的生活，不知道什麼時候才能回到故鄉？……抬頭看得見太陽，看不到長安，也看不到洛陽呀！

新亭對泣

西晉末年，匈奴南侵，西晉都城洛陽眼看已危在旦夕，一些士大夫們爲逃避戰禍，遂紛紛南下渡江來到建康（今南京）。

在建康城南，有一座臨江而建的新亭。那些從洛陽遷徙而來的士大夫們，每到風和日麗的日子，總會相邀來到新亭，在草地上飲宴。這似乎已漸漸成爲了一種新興的時尚。

這天，又是在一場這樣的聚會中，一位社會名流周伯仁或許是因爲多喝了幾杯，情緒頗爲激動，哀嘆道：「唉，風景沒有什麼不同，只是江山不一樣了啊！」

這番有感而發，勾起了大家胸中共同的愁緒，面對著滾滾長江，北望洛陽，每個人都不禁流下了熱淚，甚至還有激動的哽咽聲。

就在舉座對泣之際，只有一個人，非但沒有跟著痛哭，反而還沉著臉，帶著不以爲然的口氣大聲說道：「不要再哭了！哭有什麼用呢？此時此刻，國難當頭，大家應該齊心協力輔佐朝廷，力圖恢復中原，哪能像亡國的楚囚一樣相對哭泣呢？」

這個人，就是丞相王導。

聽了王導這番正義凜然的話，眾人都覺得有些慚愧，哭泣聲也就很自然的漸漸止息，接下來的便是一陣沉默……。

楊修的故事

楊修是一個很聰明的人。

有一次，修建相國府大門的工程正在進行，剛開始架椽子的時候（「椽子」就是房屋上架住屋瓦的圓木），曹操親自來察看。看了一會兒，曹操沒說什麼，只讓人在門上寫了一個「活」字，就走了。

大家都不明白是什麼意思，任曹操主簿的楊修剛巧經過，看見了，就下令立刻把門拆毀重建，要建得小一些。

爲什麼呢？

楊修說：「『門』的中間有一個『活』字，不就是『闊』嗎？魏王顯然是嫌門修建得太大了。」

後來，有人去請示曹操，曹操果然就是這個意思。

◎　◎　◎

有人送給曹操一杯奶酪，曹操吃了一點，在蓋子上寫了一個「合」字之後，就傳下去給在場的人。

每個人都不明白是什麼意思，只得愣愣的把那杯奶酪不斷的往下傳。

傳到楊修的手上，楊修卻打開蓋子，吃了起來。大家都驚愕的看著他，不敢相信他怎麼會有如此大膽的舉動，居然敢吃魏王的東西！

楊修卻一臉滿不在乎，笑著對大家說：「曹公明明叫我們每一個人都吃一口，還猶豫什麼呀！」

原來，「合」這個字，若拆開來，從上到下，不就正好是「人」、「一」、「口」嗎？

◎　◎　◎

楊修這種拆字、解字的工夫，就連曹操也相當佩服。

有一天，曹操外出，楊修跟隨。經過曹娥碑，看到碑的背面寫了「黃絹幼婦……」等八個字。

「什麼意思啊？」曹操很納悶，隨口問楊修：「你明白嗎？」

楊修點點頭，「明白。」

曹操暗暗吃了一驚，就交代楊修：「你先別說出來，讓我想

想。」

他們繼續前行，走了三十里，曹操終於琢磨出來了：「黃絹，是有顏色的絲，取「絲」和「色」合起來，就是「絕」；「幼婦」是指少女，「少」和「女」合起來，就是「妙」……

「我想出來了，」曹操對楊修說：「我們先各自把答案寫出來，再來看看是不是一樣。」

結果，兩人的答案完全一樣，都是「絕妙好辭」。

曹操不禁感嘆道：「唉，我的才華不如你啊，竟然相差了三十里！」

◎　◎　◎

曹操征討袁紹的時候，整理軍隊裝備，發現有多餘的幾十斛（ㄏㄨˊ）竹片，（「斛」是古代量器名，五斗是一斛。）都只有幾寸長，大家都說毫無用處，正準備燒毀，曹操卻想到了一個好點子，認爲可以好好利用這些竹片。

就在這時，曹操忽然想到，不知道楊修有沒有什麼好主意？

便暫時先不說出自己的想法，然後派人騎馬去問主簿楊修。

楊修立刻說：「可以拿這些竹片做成橢圓形的竹盾牌呀。」

大家都很佩服楊修的聰敏。

楊修的想法，其實和曹操是一模一樣呢。

是進步還是退步

桓玄與殷仲堪在一起清談，經常你一來、我一往的互相駁斥對方的觀點，兩人都表現出很好的口才、很快的反應能力以及很淵博的學問。

一年多以後，有一天，兩人又在一起清談。這天的狀況相當特殊，居然只「交戰」一兩個回合，辯駁的場面便結束了，這在過去是從來不曾有過的現象。

桓玄不禁感嘆道：「唉，我的才思不如過去敏捷了，退步

了。」

「不，」殷仲堪立刻說：「這表示你的理解能力進步了。」

陳仲舉和徐孺子

陳蕃，字仲舉，東漢汝南平輿（今河南汝南）人。他的社會聲望很高，很多人都說「陳仲舉的言語是讀書人的準則，行爲則是世人的模範。」

陳仲舉素來就有治理天下的大志，官運一向也相當平順，然而後來終因爲人方正，得罪了權貴，被貶出京，奉令到豫章（今江西省南昌市）擔任太守。漢代的地方行政單位分爲州、郡、縣，「太守」也就是郡的行政長官。

陳仲舉倒也隨遇而安，心平氣和的就上路了。

事實上，一得知要被派到豫章，他很快就有了一個想法……

他早就聽說有一位隱居的賢者住在豫章。這位賢者就是徐稚，字孺子。陳仲舉心想，現在終於有機會來結識徐孺子，眞是太好了。

徐孺子天資聰穎，從小就表現出超人一等的悟性。在他九歲那年，有一天晚上在月光下玩，有人問他：「如果月亮裡什麼東西也沒有，是不是會更明亮些呢？」徐孺子一本正經的回答：「不是這樣的，就好像人的眼睛裡有瞳仁，如果沒有它，不但眼睛不會更明亮，反而什麼也看不見了。」

一個九歲的孩子，居然能作出這樣的回答，這令在場的大人都感到非常驚訝。

更令大家感到欣慰的是，徐孺子並沒有浪費自己的天分，從小就非常刻苦向學，九歲這一年已經能記誦《春秋》和《公羊傳》。

長大以後的徐孺子，在學問上的造詣當然更高，但他性格恬淡，安貧樂道，根本不想做官，只願意在耕讀之餘，收徒講學。

這麼一來，也使他獲得更多人的尊重。

陳仲舉來到豫章，一到任就積極打聽徐孺子在哪裡，表示很想去拜訪他。

主簿（就是漢代各級官府中負責辦理文書一類工作的官員）稟報：「大家都希望您能先進衙門。」

言下之意無非是，不管想看看誰，都以後再說吧，急什麼呢？

陳仲舉卻說：「當年周武王在得天下之後，都還來不及把席子坐暖，就急著親自駕車去見商容表示敬意……」

（商容，是當時的一位賢臣。）

陳仲舉繼續說：「周武王都有這種禮賢下士的胸襟和氣度，我來效法一下，對賢人表示尊敬，又有什麼不可以的呢？」

後來，陳仲舉果然和徐孺子成了知交。陳仲舉還在家中爲徐孺子準備了一張專用的榻（相當於現在的床），徐孺子一來，就叫人趕快搬出來，兩人好秉燭夜談，徐孺子一走，這張榻也就趕緊收起來，絕不讓別人使用。

數百年後，唐朝詩人王勃路過豫章，寫下後來非常有名的〈滕王閣序〉，其中有「人傑地靈，徐孺下陳蕃之榻」，所引用的就是陳仲舉當年在這裡禮賢下士的一段佳話。

元方

陳寔（ㄕˊ）是東漢潁川許昌（今河南許昌）人，學識淵博，爲人寬厚。初爲縣吏，後任太丘長，非常受到老百姓的愛戴，大家都稱他爲陳太丘。

陳太丘有兩個兒子，一個叫陳紀，一個叫陳諶；如果以「字」行，一個叫元方，一個叫季方。

在元方七歲那年，有一天，陳太丘與朋友相約同行，約定的時間是在中午。

到了中午，明明約定的時間到了，陳太丘左等右等還是見不到朋友的蹤影，便決定不再等待，自己先走了。

過了一會兒，朋友來了。這時，元方正在家門口玩耍。

客人就問元方：「你父親在不在呀？」

元方認得這就是父親剛才等了半天也沒等到的人，回答道：「父親等了您好久，您沒來，他已經先走了。」

沒想到客人一聽，居然非常生氣，竟脫口而出道：「眞不是人啊！明明和人家約好了一起走，怎麼自己卻先走了呢！」

「您怎麼這麼說呢？」小元方立即反駁道：「您和我父親約好中午見面，到了中午您沒來，就是沒有信譽；現在又對著兒子罵他父親，就是沒有禮節。」

元方雖然小小年紀，卻振振有辭，說得頭頭是道，令這位客人頓時啞口無言，同時也非常慚愧，感到自己確實是既理虧又失言。

客人趕緊下車，想要去拉拉小元方，表示一下友好和歉意，小元方卻不願意理他，馬上跑進家門去了。

陳寔的故事

陳寔在任太丘縣長的時候，有一個部屬想要偷懶請假，竟謊稱母親生病，以此作爲非常有力的請假理由。

但是，謊言很快就被拆穿，這個人也被抓了起來，關進大牢。

陳寔下令要殺了他。主簿請求把這個人交付獄吏審問，看看他是否還犯下其他的罪行。

「不用問了，」陳寔說：「欺騙長官是不忠，詐稱母親生病是不孝，不忠不孝已經是最大的罪行了，就算拷問出他還犯下了其他的罪行，也不會還有比這更嚴重的了。」

◎ ◎ ◎

同樣是在任太丘縣長的時候，還有一次，發生了一樁強盜搶劫殺人的案件，負責這個案件的官吏趕緊著手去逮捕案犯。陳寔正前往案發現場，途中卻突然掉轉回去處理另外一個事情；原來，陳寔是在半路時聽說，有一個婦女，生下孩子之後卻狠心將孩子拋棄，認爲茲事體大，應該盡快處理。

主簿對於陳寔這樣的決定感到不太妥當，便對陳寔說：「搶劫殺人一案更爲重大，應該先追究查辦啊！」

陳寔卻正色道：「不，搶劫殺人怎麼比得上骨肉相殘？」

◎　◎　◎

這天，家裡來了客人，陳寔留客人吃飯，叫兩個兒子元方、季方去做飯。

兩個大人在前面暢談，兩個孩子在後面也很想聽，燒了火之後，就只顧忙著偷聽，手上的工作都丟開了，以至於後來燒飯時忘了放箅（ㄅㄧˋ）子（這是一種蒸鍋中的竹器），飯都掉到了鍋裡。

過了好一會兒，陳寔問：「炊何不餾（ㄌㄡˋ）？」

「餾」是指把涼了的熟食品再蒸熱。

（在古代要煮一頓飯可眞麻煩呀。）

所以，陳寔的意思是：「飯怎麼還沒好啊！」

元方和季方就老實招供，說是因爲偷聽父親和客人談話，把燒飯的事耽誤了，現在飯都成了粥啦。

陳寔問道：「既然偷聽，剛才我們談了些什麼，你們還記得嗎？」

「記得！」兩個孩子異口同聲，都十分肯定的回答。

「那就說來聽聽。」

兩個孩子便一起敘說，還彼此改正補充，總之，一句也沒有遺漏。

陳寔說：「既然這樣，喝粥也可以，何必一定要吃飯呢？」

（可見陳寔對兩個孩子的表現是讚賞的，也可見兩個大人方

才一定是在談論學問之事，因爲，看到孩子向學，向來是很令家長高興的事呀！）

孝子王祥

長久以來，王祥一直被視爲是一個古代孝子的典型，他那「臥冰求鯉」的故事，也一直是「二十四孝」中極具代表性的故事。雖然時至今日，不少人對於王祥孝的行爲和方式有些意見，認爲他過分走極端，但不管怎麼說，「百善孝爲先」，這個孝子王祥還是值得我們來認識一下。

首先應該說明的是，許多人都認爲在東西方古典文學中，「後母」總是一個極其可惡可恨的角色，總是無所不用其極的來迫害善良忠厚的主人翁。王祥的故事，剛好也是這樣的模式。

王祥是晉代瑯琊臨沂人，在他還非常年幼的時候，母親就過世了，父親王融另娶朱氏爲妻，朱氏便成了王祥的後母。

朱氏對王祥處處看不順眼。坦白說，除了王祥不是朱氏自己親生的這一點之外，或許也有現實因素在作祟——在資源有限，生活不易的情況之下，朱氏往往一心只想保障自己的親生兒子，基於利益衝突，自然總覺得王祥是一個多餘的孩子，總想著如果沒有王祥，那該有多好。

於是，朱氏便想盡辦法找王祥的麻煩，想強加一些罪狀在王祥的身上。譬如說，在天寒地凍的冬天，她突發奇想非要吃鯉魚不可，逼得王祥只好打著赤膊跑去臥冰，結果居然沒死，還非常神奇的靠著那一點點微弱的體溫，化開了厚厚的冰層，緊接著兩條大鯉魚還自動從冰窟窿裡跳出來，好讓王祥回去交差。這個「臥冰求鯉」的故事，大概是王祥身上一段最有名的故事。

《世說新語》德行篇中也記載了兩段有關王祥是如何謹慎侍奉後母朱氏的故事。

王祥家有一棵李子樹，結的李子非常好吃，朱氏很喜歡吃，

便常常叫王祥去看守樹，別讓鳥兒或附近的孩子偷吃了。

有一天，王祥正在看守樹的時候，忽然颳風下雨，王祥大驚，深恐在這一陣風雨過後，樹上的李子不知道會掉下多少，那可怎麼辦呢？

想著想著，王祥忍不住抱著李子樹，不斷傷心的哭泣。（不知道王祥是不是也想到萬一李子樹上的李子被狂風暴雨吹落太多，自己又會遭到後母無理的責怪？）

王祥的心裡大概經常充滿著焦慮（或許還有恐懼），因爲不管他侍奉後母朱氏是多麼的盡心，似乎總是得不到後母的喜愛，後母似乎總是巴不得能除掉他。

王祥會有這種感覺，絕不是他神經過敏。有一天，後母眞的狠下心來採取行動了！

這天深夜，朱氏竟然拿了一把刀子，摸黑來到王祥睡覺的地方砍他！

幸好王祥命大，剛巧起床出去上廁所，等他回來之後，發現自己的被子被刀砍了，不用多想，馬上就知道一定是後母持刀來殺他。他知道後母一直是恨透了自己。

如果你是王祥，你會怎麼做呢？去向父親哭訴？向官府告狀？或乾脆逃亡？

王祥都沒有。王祥所採取的行動恐怕是一般人根本不會想到的，但也從此改變了他的命運。

他大概是覺悟到不管自己怎麼做，恐怕都不可能贏得後母的歡心，既然後母要他死，看來只有他死了，才能讓後母高興一些。

這麼想過之後，王祥平靜的來到後母的面前請死。他可能還覺得，方才讓後母一刀砍了個空，實在是自己不好，自己不該在半夜出去上廁所，應該乖乖躺在被窩裡讓後母來砍的。也或許王祥是覺得，既然後母今晚都能拿刀來砍他，知道砍空之後一定一肚子氣，不知道什麼時候肯定還會再來砍第二次、第三次……反正事情已經惡化到這種程度，看來他是活不了了。

然而，王祥「請死」的這個舉動，卻引發了戲劇性的變化——後母朱氏終於有所感悟，從此便像疼愛自己兒子一樣的疼愛王祥。

別無長物

「長（ㄓㄤˋ）物」，就是「多餘的東西」；「別無長物」就是「沒有多餘的東西」。

這句話的典故是出自晉朝的王恭。

王恭曾任中書令，以及青、二州的刺史，爲人非常清廉。

有一次，王恭從會稽（今浙江紹興）回來，王忱去看望他。當時，王恭正坐在一張六尺見方的竹席上。王忱覺得那張竹席看起來好像挺不錯，心想一定很舒服，就非常直率的對王恭說：「既然你剛從會稽回來，那一帶又盛產竹席，你一定帶了不少回來吧，可以送我一張竹席嗎？」

王恭聽了，並沒多說什麼。不過，在王忱要走的時候，他把自己剛才坐的那張竹席捲起來，送給王忱。

「如果你不嫌棄的話，請你就把這張竹席拿回去吧。」王恭說。

王忱也絲毫不以爲意，高興的說：「好啊，那我就不客氣啦。」

其實，王恭家裡並沒有第二張竹席了。他把僅有的那張竹席送給王忱以後，自己便像從前那樣，仍然坐著草墊。

過了一段時間，王忱終於輾轉得知了實情，非常驚訝。驚訝之餘，也感到非常過意不去。

王忱來到王恭家，挺不好意思的向王恭解釋：「我還以爲你有很多，所以才會向你要……」

王恭淡淡的回答：「這都是你太不了解我啦，我這個人是從來不會有多餘的東西的。」

家裡沒有多餘的東西，可見他的生活要求很低，也很樸素，不貪圖享受，沒有什麼物質欲望；王恭爲人清廉，從這個小故事就可以非常明顯的看出來。

一往情深

魏晉時期有一位很有名的清談家，名叫荀粲。

荀粲的妻子曹氏非常美麗。自成婚以來，夫妻之間的感情就一直非常好。

有一年冬天，曹氏生病，一直發高燒，體溫怎麼也降不下來，荀粲心急如焚，不知道該怎麼辦才好。

情急之下，荀粲竟然跑到庭院中去挨凍，再回到屋裡抱著身體滾燙的妻子，想要用這種方法把妻子的體溫降下來。

（雖然傻氣，實在也是其情可憫啊！）

後來，在妻子病故之後，荀粲因爲傷心過度，不久也死了。當時，許多人都譏諷他實在是太過兒女情長了。

偷香

賈充是西晉的一位元老重臣。西晉能從曹魏手中奪得政權，賈充有很大的功勞。

賈充有一個女兒，長得很漂亮。她一直嚮往著能到外面看看，但是像她這樣一位大家閨秀，父親又如此有權有勢，是絕對不可能自由外出的。

爲了解悶，每次父親召集一些部屬在家中商討公務時，女兒就經常躲在窗戶後面偷看。

有一次，她注意到父親有一個年輕的屬官，名叫韓壽，非常的英俊瀟灑。女兒一看，視線就再也離不開他，心裡立刻滋生了

愛慕之意。

從此，她巴不得父親天天都能把部屬召到家中，好讓她能夠經常有機會看到那個帥得要命的韓壽。如果有時父親召集部屬開會，韓壽沒來，女兒就會感到悵然若失，一整天都沒有精神。

這樣過了一段時間，女兒決定要採取行動，勇敢的追求自己的幸福。

她派了一個婢女去韓壽家，告訴韓壽，自己對他是如何的一見傾心，接下來又是如何日夜思念，還常常藉著吟詠詩歌表達自己的感情……

韓壽幾乎要聽傻啦。一開始，他當然是感到受寵若驚，等聽到婢女描述女兒是多麼的美麗時，更是感到心動不已。

後來，韓壽就請婢女暗中傳遞消息，約好見面的時間和地點，想要當面互訴情衷。

像女兒那樣的大家閨秀，當然不可能在外頭露面，兩人若想要單獨碰面，說一些飽含感情的知心話，只有在女兒的家中，甚

至是女兒的閨房。至於時間，白天勢必不可能，只有在晚上，夜深人靜的時候，才能避人耳目，不被別人察覺。

到了約定的那一天，韓壽如期而至。其實賈府的圍牆挺高，不過韓壽年輕力壯，身手敏捷，照樣翻牆而入，毫無困難，順利的來到女兒的閨房，兩個年輕人就這樣談起了戀愛。

過了一段時間，有一天，賈充又照例把部屬統統召集到家中來商議公事，忽然在無意中聞到韓壽身上有一股奇特的香味。

「這個味道好特別啊，」賈充心想：「一個大男人，身上怎麼會有這種味道？而且——奇怪，這個味道怎麼那麼熟悉，我好像在哪裡聞過？……」

想著想著，賈充愈想愈心驚，因爲，他想起來了！——這是外國使者進貢給皇上的香料，不僅香氣襲人，還有一個很大的特點，那就是一旦沾到人身上以後，香氣幾個月都不會消散。

賈充看著正在和別人說話，一臉神采飛揚的韓壽，暗暗揣測：「他的身上怎麼會有這種香料的氣味呢？……」

賈充記得很清楚，皇上只把這奇特的香料賞賜給自己和陳騫，而自己當天一回到家，馬上就把香料送給女兒了。

「除非……」賈充簡直不敢再想下去。

可是他還是立刻聯想起這段期間女兒的表現確實不同於尋常；本來在前段時間一直都是心事重重，鬱鬱寡歡，問她有什麼事她也不肯說，最近卻容光煥發，一掃陰霾，一副快樂無比的樣子，每天也都很勤於梳粧打扮，總是光彩照人。

「一定是發生了什麼事……」賈充愈想愈不妙，已經意識到事態嚴重。

待會議一結束，賈充立刻展開調查。

他先藉口有盜賊，派人去修牆，實際上是想察看一下有沒有人翻牆而入的痕跡。

這個時候，賈充仍然存有最後「一線希望」，巴不得這一切都只是自己的胡思亂想。因爲，家中圍牆那麼高，又是一道接著一道，入夜之後所有大門小門都是關得緊緊的，韓壽那小子怎麼

可能進得來？

不料，不久之後被派去修牆的人回來報告，說其他地方的牆都沒什麼異樣，只是東北角好像有被人翻過的痕跡，奇怪的是，那兒的牆特別高，照說一般人是翻不過去的。

賈充一聽，知道事情眞的壞了。東北角正是靠近女兒的閨房呀。

他氣急敗壞的把女兒的貼身婢女叫來，嚴厲的盤問。婢女嚇得要命，不敢有所隱瞞，只得老老實實的把事情的經過統統說了出來。

最後，賈充沒有辦法，只好把女兒和韓壽私下談戀愛的事隱瞞起來，然後盡快把女兒嫁給了韓壽。一對有情人反倒因此喜結連理。

老生常譚

三國時，魏國有一個人，名叫管輅（ㄌㄨˋ），從小天資聰穎，勤奮好學，並且對天文學特別的有興趣，在這方面的悟性也很高。

管輅在十五歲的時候，已經能熟讀《周易》，通曉占卜術，經常應邀爲人占卜，每次都很靈驗，漸漸的就擁有了一定的名聲。

有一次，吏部尚書何晏將管輅請了去，想要請管輅爲自己卜上一卦。當時，另一位尚書鄧颺也在座。

何晏毫不避諱的對管輅說：「請你幫我看看，看我有沒有做三公的希望？」

三公，是當時朝廷最高的官職，也就是司徒、司馬和司空。

何晏會突然要求管輅爲自己的官運卜上一卦是有「根據」的；原來，他最近老是做著一個同樣的夢……

何晏說：「最近我老是夢見有好幾隻青蠅一直朝我鼻子撲過

來，趕也趕不走，不知道是什麼徵兆？是吉是凶？」

管輅沉思了一會兒，十分坦率的說：「鼻子的位置在正中央，青蠅貼面——請恕我直言，這不是一個好兆頭啊……」

緊接著，管輅援引了許多古時候的義理，深加勸誡。

這些話，何晏和鄧颺都不愛聽。

「哎呀，這些都是老掉牙的大道理啦，早就被老祖宗都說爛了！」鄧颺說，語氣中還頗有那麼一點不以爲然，甚至是不屑的味道。

何晏則算是保持了風度，淡淡的說：「要預知事情細微的跡象是很神妙的啊，古人一直認爲這是一件非常困難的事；而現在的人認爲什麼是困難的呢？恐怕普遍都會認爲『雙方交情還不深卻能坦誠相見』這一點很難；今天，我們第一次見面，就完成了古人和現在的人認爲困難的兩件事，可以說是相當不錯了啊。」

後來，世人就將鄧颺所說的話引申爲「老生常譚」這句成語，形容所說的是大家早已耳熟能詳的內容，絲毫沒有新意。

孔融

孔融在十歲那年隨父親來到了洛陽。

當時，洛陽有一位非常有名的人，名叫李元禮，擔任司隸校尉，專門負責糾察京師百官和所屬各郡官員。李元禮平常不輕易見客，凡是到他家想拜訪他的人，除非是特別有才華、有聲望或是和他有親屬關係，門吏才會通報。

這天，孔融來到李元禮家，想拜訪李元禮。他對門吏說：「我是李府君的親戚。」

這麼一說，門吏只得爲他通報，把他引進去。

稍後，孔融進了大廳，大模大樣坐在李元禮前面。當時大廳內還有其他好些賓客，大家看著這個孩子，都覺得很有意思。

「您和我是什麼親戚呀？」李元禮問道。

孔融回答：「從前我的祖先仲尼，和您的祖先伯陽有師生關

係，所以我與您世世代代交好。」

孔融確實是孔子的第二十世孫。

李元禮和在場的賓客聽了，都感到相當驚奇，認爲這個孩子不簡單。

這時，太中大夫（是一種負責管理議論的官）陳韙剛好也來拜訪李元禮，有人就把他剛剛錯過的那場好戲轉述給他聽，並頻頻誇獎孔融這孩子眞是聰明伶俐。

陳韙一聽，沒怎麼在意，只是淡淡的說了一句：「小時了了，大未必佳。」意思是說：「那也沒有什麼，小時候聰明伶俐的人，長大了以後未必會很優秀。」

孔融居然立刻就回了一句：「那您小時候想必一定很聰明了？」

陳韙當場很下不了台，尷尬得不得了。

覆巢之下無完卵

孔融所身處的東漢末年，時局非常動盪不安。漢獻帝時，任命孔融爲北海郡相，因此當時有很多人都稱他爲孔北海。

孔融非常好客，家中經常都是熱鬧非凡，他還不止一次用帶著幾分得意的口氣對大家說：「家裡永遠高朋滿座，杯中永遠有酒，我呀是沒有什麼煩惱的。」

在很多人的眼裡，孔融是一個相當有才華的人，性格也相當直爽，但也有些恃才傲物。這個特性後來終於爲他招致了大難。

建安十三年，孔融因爲直言不諱得罪了曹操，被逮捕入獄。這件事震動了整個朝廷內外。

當前來拘捕孔融的人大舉來到的時候，全家上上下下都一片驚惶，都感覺到末日將至。孔融自己倒相當平靜。更出乎眾人意料之外的是，孔融的兩個兒子——一個九歲，另一個八歲，也表

現得超乎尋常的平靜，居然照常繼續著他們的遊戲，臉上絲毫沒有害怕的神色。

這時，孔融即使可以坦然面對自己的災難，但出於濃濃的父愛，還是努力試圖保護兩個孩子，便對使者說：「不管我有多大的罪過，希望都由我一個人來承擔，不要牽連我的兩個兒子，可以嗎？……」

孔融的話還沒說完，兩個年幼的孩子卻走到孔融的面前，從容不迫的說：「父親，不用再爲我們求情了，父親難道曾經見過鳥巢都傾覆了，鳥巢裡頭的鳥蛋還能夠完好無損嗎？」

這當然是不可能的。這兩個年幼的孩子，居然已經可以預見到自己的命運，而且還能夠有莫大的勇氣來面對，令所有在場的人都感到非常訝異。

不久，兩個孩子果然也無法倖免，隨著父親一起被捕。

後人所說的「覆巢之下無完卵」就是出自這一個典故。

劉伶醉酒

沛國（今安徽宿縣）人劉伶嗜酒如命，整天總是醉醺醺的，令他的妻子非常頭疼。

有一天，劉伶酒癮發作，想喝酒想得要命，就向妻子要酒喝。

妻子又急又氣，不但把酒倒掉，還把酒器砸壞，哭著勸告他：「你喝得太多了！飲酒如此過量，很傷身體的，你一定要把酒戒掉！」

「說得好，妳說得實在太對了！」劉伶竟然點頭表示贊同，但隨即又說：「可是我擔心憑自己的力量無法戒酒……」

妻子急得直嚷嚷：「那怎麼辦？戒不掉也得戒呀！」

劉伶說：「我看只有先向鬼神禱告，在鬼神面前鄭重發誓一定要戒酒，這樣應該就可以戒掉了。妳快去準備酒肉，我現在就

來發誓！」

為了讓丈夫戒酒，不一會兒，妻子就將豐盛的酒肉準備好了。

劉伶一本正經的跪在神像面前，鄭重禱告：「天生我劉伶，以酒為命，喜歡喝酒是出了名的。一喝就十斗，五斗除酒病。婦道人家的話，千萬不能聽！」

說完，便大碗喝酒，大塊吃肉，很快又醉得不省人事。

劉伶醉酒的時候，舉止放蕩不羈，經常會有一些出人意表的言行。有一次，他又喝醉了，竟然脫光了衣服。這時，剛巧有人來拜訪他，看到他光著身子飲酒，大驚失色，十分窘迫的說：「哎呀！你怎麼不穿衣服呀！」

劉伶卻振振有辭的回答道：「我把天地當成房子，把房子當做褲子，你這人怎麼這麼奇怪，幹麼要鑽到我的褲子裡來呢？」

周處除三害

周處在少年時期，性格衝動暴烈，喜歡逞強鬥狠，又仗著父親做大官，有恃無恐，一天到晚的鬧事，老百姓都很討厭他，但也只能在私下痛罵不已，表面上誰都不敢招惹，只能盡可能的躲開他。

周處是晉朝義興人。說起來義興老百姓的日子實在很不好過，除了要小心避開周處這個教人頭疼的人物，還得避開山裡的猛虎和河中的蛟龍；老百姓偷偷把周處、猛虎和蛟龍並稱爲地方上的「三害」，而在三害之中，若要問那一個爲害的程度最嚴重，最令老百姓深惡痛絕，大家又會異口同聲的說：「當然是周處！」

有一天，有人慫恿周處去殺虎斬蛟，並且拚命灌迷湯，說只有像周處這樣的大英雄才能完成這麼艱鉅的任務。

這項提議實在很聰明，如果周處眞的辦到了，至少「三害」只剩下「一害」，也比「三害」並存要來得好啊；如果周處在與猛虎和蛟龍搏鬥的過程中出了什麼意外，那就更棒了！

周處不知道別人打的是這樣的如意算盤，他被迷湯灌得暈陶陶，果然拍著胸脯一口保證，一定立刻除掉猛虎和蛟龍。

他首先獨自進山，殺了猛虎。又跳入河中想要殺蛟。不過，蛟龍比較難對付。爲了甩開周處，蛟龍忽然潛入水中。周處勇敢的騎在蛟龍的背上，緊緊抓住蛟龍，說什麼也不鬆手，竟隨著蛟龍一起沉了下去。

大批鄉民都聚集在河邊，屏息以待。

大家眼睜睜的看著周處和蛟龍一起載浮載沉，居然游行了幾十里仍然分不出勝負。

經過了三天三夜，再也看不到蛟龍，也看不到周處，大家都認爲周處和蛟龍一定是同歸於盡了，一個個都欣喜若狂，互相慶賀，還鑼鼓喧天，鞭炮齊燃，簡直比過年還要熱鬧！

萬萬沒想到，就在這個時候，周處竟然殺了蛟龍，渾身溼漉漉的從水裡爬了出來，一上岸就聽到鄉人們正在歡欣鼓舞的慶賀：

「周處死了！死了！」

「三害都沒啦！可以過太平日子啦！」

「這小子眞是頭腦簡單，他恐怕到死都不知道總算爲我們做了好事呢！」

不久前還因爲終於殺了蛟龍，自己也死裡逃生而感到慶幸和自豪的周處，一顆熱切的心一下子就涼到了極點。

「我死了，他們竟然會這麼高興？……三害？……」他這才慢慢回過神來，原來自己是中了別人的計謀，原來自己是這麼的討人厭！

一時間，周處百感交集。

他沒讓別人發現自己，便悄悄的離開了。

周處漫無目的的遊蕩了好幾天。回首前塵，他試著用鄉人的

眼光來看待自己過去的所作所爲，這才慢慢意識出自己過去的確是做了很多不該做的錯事。

「難怪別人會這麼討厭我，會巴不得我最好死掉……」周處愈想愈難過，愈想愈覺得後悔。

「如果——時光可以倒流，一切可以重來，我一定不會再那麼做了……」周處漸漸萌生了改過自新的想法。

可是，他該怎麼做呢？該從哪裡著手呢？周處的心裡一片茫然。

「不如我去向聰明的人請教吧。」周處想起曾經聽人說在吳地（現在的蘇州）有「二陸」，也就是曾任平原內史的陸機和曾任清河內史的陸雲，兩人的道德學問被很多人所推崇。

於是，周處便出發前往吳地，想要請「二陸」爲他指點迷津。

來到吳地，陸機不在，周處只找到了陸雲。

陸雲親切的接待了他。周處坦率的說明了來意，並且頗爲苦惱的說：「現在我雖然很想改過自新，重新來過，但我已經蹉跎了這麼多年，會不會已經來不及了？……」

「怎麼會呢？」陸雲說：「古人向來尊崇『朝聞道夕死可矣』，意思就是說，只要眞正明白了道理，哪怕早上剛明白，晚上就突然死去，也死而無憾，何況你還年輕，前途還很遠大啊！更何況一個人最怕的就是不能確立志向，只要志向確立，下定決心，還有什麼是做不到的呢？」

聆聽了陸雲這番指點之後，周處大受鼓舞，確立了自己未來人生的方向——他要做一個好人！他要讓別人對他刮目相看！

周處勇敢的回到了家鄉。鄉人發現他原來沒死，都嚇壞了，不斷的交頭接耳，議論紛紛。

周處也不多說，完全不動聲色。他要用行動證明自己！

很快的，大家都發現周處好像跟過去不大一樣了，但大多數人仍然抱持著懷疑的態度，認爲周處一定用不了多久就會原形畢露。

然而，周處改過自新的決心非常堅定。

他不斷的勵精圖治，最後終於成爲一個人人稱讚的忠臣孝子。

周處的家鄉義興，就是現在的江蘇宜興縣。一直到現在，宜興「荊溪十景」之中有兩景——「蛟橋夜月」和「周侯古祠」，都是爲了紀念周處；前者更相傳是周處當年入水和蛟龍搏鬥的地方。

袒腹東床

把女婿稱爲「東床」，是源於晉代大書法家王羲之的一個故事。

當時，太傅郗鑑的愛女到了適婚年齡，郗鑑想給女兒找一個好女婿。郗鑑聽說丞相王導家族中的幾個晚輩個個都是青年才俊，儀表不凡，便很想與王導結一門兒女親家，王導也表示非常樂意。

這天，郗太傅派了一個門生，帶著一封自己親筆所寫的書信，來到丞相府，要門生代表自己來選一個女婿。

王丞相看完信，對這位來自郗府的門生說：「我那幾個晚輩這會兒正巧都在東廂房，請你去看一看，任意挑選吧。」

門生看過之後，回去向郗鑑稟報，盛讚王府的幾個郎君果然都很不錯，一個個都是文質彬彬，談吐不凡，穿得也都很整齊、很體面，讓人一看就很有好感。

「不過，有一個年輕人倒是例外，」門生忽然想起，「他明明知道我是去替您挑選女婿，卻表現得毫不在意，和其他年輕人完全不同，不僅沒有過來客客氣氣的和我交談，照樣躺在東床之上，甚至連肚皮都露出來了呢。」

沒想到，郗鑑一聽，非常高興的說：「就是這個！我就要這個年輕人做我的女婿！他是王丞相第幾個兒子？」

「不是兒子，是王丞相的侄子……」

原來這個年輕人就是王羲之。

按理說，郗家也是大戶人家，如果能做郗太傅的女婿當然是一件幸運的事，幾個年輕人在得知郗太傅來選女婿以後，紛紛盡可能表現出自己最好的一面，甚至因此而有點兒假模假樣，也是人之常情，可是王羲之卻表現得那麼瀟灑和豁達。郗鑒認爲，這一方面顯示出他的氣度，另一方面也透露出他坦率、樸實的稟性，不會把富貴之事看得那麼重，郗鑒深信，這樣的年輕人，將來必能成就一番事業。

王羲之也果然沒有辜負郗鑑的眼光，日後果眞很有一番作爲。特別是在書法上的造詣，更使得他被後人尊爲「書聖」。在王羲之四十八歲任會稽內史那一年所寫下的〈蘭亭集序〉，也被推崇爲是「天下第一行書」，成就之高，至今還沒有人可以超越。

假睡逃生

王羲之小的時候，從伯父——也就是大將軍王敦很喜歡他，常常把他帶在身邊，讓他在自己的軍帳中睡覺。

在王羲之不到十歲的時候，發生了一件意想不到事，王羲之差一點兒就因此丟了小命。

那天，王敦一大早就有事先出去了，當時王羲之還沒睡醒。過了一會兒，王敦才剛回來，錢鳳就走進來，說有重要的事要和王敦商量。王敦屏退了左右，便輕聲和錢鳳交談起來。

兩人正在專注交談的時候，睡在軍帳中的王羲之醒了。他聽到從伯父說話的聲音，還有一個客人的聲音……他就那樣躺著，靜靜的聽了一會兒……

這一聽，眞是大吃一驚，非同小可。原來，從伯父和那個客人正在商議謀反之事！

儘管王羲之年紀還小，但也知道謀反是大逆不道的重罪，是要殺頭的。他馬上就意識到從伯父一定是不知道自己還在軍帳中，一定以爲他早就出去玩了，否則必定不會讓自己聽到他們正計畫要謀反……

緊接著，王羲之又想到，如果被從伯父知道自己現在還在軍帳裡，而且還偷聽到他們的祕密，儘管從伯父過去一直很疼愛他，但他確信自己一定活不了了，從伯父和那個客人一定會殺人滅口的。

怎麼辦呢？此刻他根本無路可逃，如果想要保命，恐怕只有裝睡！但是他必須裝得很像才行，否則，兩個大人是絕不會輕易上當的。

王羲之急中生智，趕緊假裝嘔吐，讓穢物弄髒了自己的頭、臉和被褥，然後假裝熟睡。

於此同時，王敦猛然想起剛才回來時忘了先看看王羲之起來了沒有？他會不會還在軍帳裡？會不會剛巧醒來，偷聽到他們的談話？……

「糟了，這裡可能還有別人。」王敦沉著臉小聲說。

「什麼？」錢鳳嚇了一跳，連忙問道：「誰？」

王敦不吭聲，只伸手指指軍帳。

錢鳳會意過來。

兩人互望一眼，都有些驚慌的說：「不得不除掉他了……」

爲了自保，他們悄悄抽出刀，慢慢朝軍帳接近……

「咦，什麼怪味？」在快要接近軍帳的時候，兩人都聞到了一股難聞的味道。

揭開帳子一看——哎呀！這孩子怎麼搞的，吐得一塌糊塗居然還毫無所覺，照樣睡得那麼熟！

王敦和錢鳳都相信王羲之一定仍在熟睡，否則，「與汙物共眠」，沒人受得了的。

他們匆匆掩著鼻子退出去。

王羲之就這樣保全了性命。日後知道這件事的人，都誇王羲

之眞是一個足智多謀，臨危不亂的人。

想些什麼

諸葛靚（ㄐㄧㄥˋ），字仲思，瑯琊人。

他在東吳參加朝堂大會時，孫皓打趣的問道：「你的字是『仲思』，那你平常都在想些什麼呢？」

諸葛靚回答道：「在家思孝，侍奉君主時想著盡忠，對朋友想著要講信用，如此而已！」

車胤

車胤，字武子，東晉時期南平郡人。

車胤從小就好學不倦，但因家境貧困，家中無力提供充足的燈油供他晚上念書，車胤就充分把握白天的時間來背誦詩文。

一個夏天的夜晚，車胤靈機一動，想到利用螢火蟲所發出的亮光來照明，便找來一個白絹口袋，然後抓了幾十隻螢火蟲放在裡面，再紮住袋口，把它吊起來當做照明。

這就是有名的「車胤囊螢」的故事。

◎　◎　◎

車胤的父親任南平郡功曹，太守王胡之爲避司馬無忌復仇，在澧水之南設了郡治。

當時，車胤十幾歲，王胡之每次外出，常常透過籬笆看到車胤，覺得車胤儀表端正，氣度不凡，遂對車胤的父親說：「這個

孩子將來長大以後一定會很有出息，贏得高名。」

從此，王胡之每逢有什麼聚會活動，總喜歡把車胤找來。

車胤長大以後，又受到桓溫的賞識，在那個人才眾多的時代，仍能以才學豐富、廉潔自愛著稱，後來，仕途相當順利，一直做到吏部尚書。

教子之道

謝安的夫人對於兒子的教養非常重視，十分盡心盡力。

這天，夫人問謝安：「怎麼從來也不見你教育兒子？」

「怎麼沒有？」謝安回答道：「我常常以自己的行爲來教育兒子呀。」

看來，謝安是奉行著「身教重於言教」的教育理念呢。

范宣

晉代有一位很受人景仰的名士，名叫范宣。

大家景仰范宣，主要是因爲他是一個難得的孝子。當他的父母親不幸相繼去世之後，范宣親手掘地，負土成丘，埋葬了雙親，並在墓旁蓋了一間簡陋的草房，然後就住在草房裡，任憑風吹雨打也不肯離開，爲雙親守孝長達三年。同時，范宣博覽群書，卻安貧樂道，無意於仕途，所表現出來的高風亮節，是一般人很難做到的。

范宣從小就很聰慧，讀書非常用功。在他年僅八歲的時候，有一次，在後園挖菜，不小心誤傷了手指，大聲啼哭。

家人聞聲趕來，趕緊爲他包紮好傷口，充滿疼惜的問道：「還疼嗎？」

「不疼，」小范宣回答，隨即又補了一句：「其實我剛才不

是因爲痛才哭的。」

「哦？那是爲什麼呢？」

「書上說：『身體髮膚，受之父母，不敢毀傷，孝之始也。』可是我卻傷了自己的手指，是不孝啊，所以才哭的。」

小范宣所引述的，是《孝經．開宗明義章》上面所說的話，意思是說，我們的身體髮膚，都是來自於父母，是父母所賜，所以應該好好愛惜，不敢有絲毫毀傷，這便是最基本的孝道。

大人們聽了小范宣的話，都覺得一個八歲的孩子居然已懂得這番大道理，非常不可思議。當時就已經有人預言，范宣日後必定不會是等閒之輩。

范宣一天一天的長大，學問和道德修養同時精進，漸漸成爲一位備受大家尊敬的名士。

當豫章太守韓伯剛剛走馬上任的時候，由於對范宣的高風亮節早有所聞，立即慕名前來拜訪。范宣斯文有禮但也並沒有過分熱情的接待了韓伯，與韓伯談了一會兒，對於禮節的分寸把握得非常好。在談話間，韓伯看到范宣的衣服破舊，出於愛才之心，回去之後，馬上就派隨從送來上等的絹帛百匹，說是要讓范宣夫妻倆做幾件新衣服。

沒想到范宣堅決不肯接受，再三婉拒了韓伯的好意。

隨從只得把那一百匹上等絹帛抬了回去。

韓伯非常納悶，心想：「是我送得太多了嗎？以至於他不好意思收下？」

於是，韓伯留下五十匹，派隨從改送五十匹過去。

不久，那五十匹絹帛還是被退了回來。

「什麼？他還是不肯收？……」韓伯想了一會兒，「好吧，再減半，這次送二十五匹過去。」

范宣還是堅持不要。就這樣，韓伯一再減半，減了又減，到最後減到只剩下一匹，范宣仍然不肯接受，再三強調「無功不受祿」，他實在是不能收。

眼看連一匹絹帛也送不出去，韓伯只得無奈的苦笑。

幾天之後，韓伯有一個機會與范宣同車，忍不住向范宣抱怨送絹帛之事，認爲范宣太不通人情，說著說著，韓伯想起此刻車中正好有絹帛，便動手撕下兩丈絹帛，要送給范宣。

范宣還想推辭，韓伯卻故意正色說道：「這兩丈布是要給嫂夫人做貼身衣物的，這你怎麼能夠推辭呢？」

范宣有些尷尬的笑了一笑，只得勉強把這兩丈絹帛收了下來。

洛陽紙貴

西晉太康年間有一位很有名的文學家，名叫左思，一生最傑出、最有名的作品叫作〈三都賦〉，是依據歷史的發展，把三個著名的都城——三國時的魏都鄴城（今河南洛陽）、蜀都成都以及吳都建鄴（今江蘇南京），統統寫入賦中。

爲了寫〈三都賦〉，左思投入了大量的時間和心力，蒐集有關三個都城各方面豐富的資料，又嘔心瀝血，字斟句酌，整整耗費了十年的工夫才終於完成。

可是因爲在這個時候，左思只不過是一個默默無聞的人，很多人根本沒有仔細讀過〈三都賦〉，便隨意批評，甚至還惡意攻擊他不自量力，居然妄想與東漢兩位大文學家班固和張衡相媲美，這是因爲班固寫過〈兩都賦〉，張衡寫過〈兩京賦〉，都名噪一時，都寫出了東京洛陽和西京長安的氣派和豪華，所以很多人光看〈三都賦〉的名字，便十分草率的認定左思只不過是學學班固和張衡的樣子而已。

這些不負責任的批評，當然令左思的心裡非常的不痛快。

不過，儘管批評的聲音很多，左思對於自己的作品仍然深具信心，便把〈三都賦〉送去請著名的文學家張華指教。

張華倒是一位很負責任也很有眼光的人，他在仔細讀過〈三都賦〉之後，大爲讚賞，認爲與〈兩都賦〉、〈兩京賦〉相比，

毫不遜色，甚至可以與這兩篇赫赫有名的大作三足鼎立，占據著同樣的分量。

這對於還只是一個無名小卒的左思來說，不啻是一項極大的讚譽和莫大的鼓勵。

爲了讓世人認識且重視〈三都賦〉，張華建議左思最好能請一位名士來推薦。張華說，只要能經過名士推薦，一般人自然很快就能了解到〈三都賦〉的價值。

（時至今日，請一些學者專家和社會賢達來做新書推薦，仍然是出版界的一種「慣例」，這種做法原來是一種歷史悠久的「傳統」！）

左思聽了張華的建議，大受鼓舞，立即去請當時名滿天下的大學者皇甫謐來爲〈三都賦〉作序推薦。

皇甫謐雖然出身官宦世家，卻無意於仕途，只喜歡讀書，向來以「飽讀詩書」享有盛名，並深受世人的敬仰。難得的是，皇甫謐也沒有什麼架子，還懷有強烈的愛才之心，很願意提攜後進。

皇甫謐在讀過〈三都賦〉之後，也非常欣賞，認爲確實是了不起的傑作，便提筆爲這篇傑作寫了一篇序，大力推薦。

有了皇甫謐的推薦，〈三都賦〉的命運立刻有了戲劇化的改變，開始在京城洛陽廣爲流傳，就連當初對左思不屑一顧，甚至曾經惡意攻擊過左思的人，現在也都紛紛競相傳抄。

由於競相傳抄的人太多，市面上的紙張一下子供不應求，價格也因此猛漲了好幾倍！

這就是「洛陽紙貴」的典故，一直到現在，大家仍經常用這四個字來形容一本書暢銷的程度。

郭淮救妻

魏國中後期有一位名將，名叫郭淮。當他擔任關中（今陝西一帶）都督的時候，很得民心，也經常立下戰功。

郭淮的妻子，是太尉王凌的妹妹。這一年，郭家突遭飛來橫禍——由於王凌謀反，不但王凌自己在被司馬懿討伐的過程中兵敗身亡，還因謀反是大逆不道的重罪，因此滿門抄斬，還要滅三族，就連早已成爲郭淮的妻子、都生了五個兒子的妹妹也將一併問斬！

當司馬懿派遣使者來到郭家，命令郭淮限期交出妻子，好讓他們將她押往京城的時候，郭家上上下下都哭成一團，只有郭淮和妻子兩人表現得非常鎮定。

郭淮的妻子是一個賢德的婦人，面對這場突如其來的滅頂之災，並沒有哭天喊地，只爲至少還不會牽連丈夫和孩子們而感到非常慶幸；郭淮呢，也表示一切都將遵旨處理。

使者暫時離去之後，郭淮沉痛的叫妻子開始準備行裝。郭淮的意思非常清楚，儘管明知不合理，明知妻子是無辜的，但他不願抗旨，「抗旨」也是一項非常嚴重的重罪。

隨著妻子即將被押往京城的日子一天一天的接近，郭淮的心裡眞是萬分痛苦。在這段期間，州府的文武百官和關中的老百姓，都紛紛義憤塡膺的鼓動郭淮起兵反抗，郭淮都不同意，可是在他內心深處，又何嘗沒有猶豫呢……

終於到了妻子被押解上路的這一天，看著妻子上了囚車，郭淮心如刀割，但還是不發一言。

由於郭淮平時深得人心，自動自發前來爲都督夫人送行，一路號哭追呼的老百姓竟高達數萬人。

囚車愈走愈遠，終至完全都看不見了，郭淮的心裡仍然無法平靜，反而愈來愈激動。

坐在囚車裡的不幸的女人，反而相當平靜，只是一想到再也

看不到家人，仍然止不住的傷心流淚。

就在囚車已經行進了幾十里的時候，後方突然塵土飛揚，風沙滾滾，原來是郭淮的部屬奉了郭淮的命令，前來要將都督夫人給接回去！

這些人一路快馬加鞭，飛馳而來，就像是要營救自己的性命一樣，表現得是那樣的刻不容緩。

郭淮等到部屬把妻子安全的追回來以後，立即寫了一封信給司馬懿，在信中非常坦率的說：「我的五個兒子都非常依賴母親，不能沒有母親，如果母親死了，他們都不會再活下去，而如果我的五個兒子死了，也就不會有我郭淮了……」

司馬懿看了這封信，一方面相當感動，另一方面大概也是想到反正王凌已死，犯不著爲了多殺一個王凌的妹妹，而惹惱手中還握有兵權的郭淮，若是郭淮夫妻情深，爲了救妻子不惜抗旨，起兵造反，要收拾起來還得大費周章，實在是划不來……

司馬懿權衡再三，最後終於特赦了郭淮的妻子。

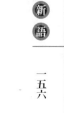

楊梅和孔雀

梁國楊有一個兒子，年僅九歲，非常聰明。

有一天，孔君平來拜訪梁國揚，恰巧梁國揚不在，孔君平便把這個孩子叫出來。

家裡準備了一些水果來招待孔君平。孔君平看到裡頭有楊梅，想到「揚」與「楊」同音，就指著楊梅逗著孩子說：「這一定是你家的水果吧。」

這個孩子的反應很快，馬上就意會過來，並且立刻「以其人之道，還治其人之身」，仰著頭對孔君平說：「可是我從來沒聽說孔雀是先生家的鳥呀。」

失火

王徽之和王獻之雖然同樣都是王羲之的兒子，不過從小兩人的性格和氣度大不相同。

（其實這是很正常的嘛，「一樣米養百樣人」，就算是親兄弟，當然也不可能一模一樣啊。）

世人評定兩人胸懷氣度主要是依據一件事：

有一次，兄弟倆同在一個屋子裡，突然聽到有人大叫：「失火了！失火了！」

原來是他們所在這個屋子的屋頂起火了。

「哎呀！不得了！失火啦！」哥哥王徽之立即驚慌失措的奪門就逃，連木屐都沒來得及穿上，模樣非常狼狽。

弟弟王獻之卻神色平靜，幾乎和平時沒有什麼不同，甚至還非常從容的叫左右人攙扶著自己走出去！

根據兩人的反應，世人遂普遍認爲弟弟王獻之的胸懷和氣度要勝過哥哥王徽之。

（也許在今天看來，大家會爲哥哥王徽之「叫屈」，因爲王徽之當時的反應其實也是人之常情；或者也有人會認爲弟弟王獻之太迂，都已經是那樣的緊要關頭，居然還叫人攙扶著自己慢慢走出去？在那個時代，大家之所以會比較讚賞王獻之的表現，應該是比較推崇他臨危不亂的態度吧。）

手足情深

王徽之和王獻之兄弟倆的感情一直很好。後來，在他們倆都病重，都躺在床上的時候，還一直彼此掛念。

有一天，王徽之虛弱的問手下人：「爲什麼好幾天都沒聽到獻之的消息？……他是不是已經死了？」

王獻之確實已於日前不幸去世，只是大家擔心王徽之會傷心過度，都不敢告訴他。

「獻之是不是已經死了？」王徽之又問了一次，聲調非常平靜，似乎倒也不顯得特別悲傷。

身邊的人都默然不語，這其實等於是默認了。

王徽之遂堅持要叫車去奔喪。

來到王獻之的家，王徽之看起來仍然極爲平靜，甚至一點也沒哭。

王徽之徑自進入靈堂，坐在靈床上。

他想起獻之一向喜歡彈琴，便隨手拿起獻之的琴彈了起來……

誰知琴弦竟極不協調，完全發不出往日那種動聽的聲音。

剎那間，王徽之突然悲從中來，悲痛得無以復加，奮力把琴扔在地上，愴然淚下道：「子敬，子敬！人琴俱亡啊！」

意思是說，王獻之的琴，和它的主人一樣，也死了啊。

喊完這一聲，王徽之便嚎啕痛哭，好幾次都哭昏了過去。

一個多月以後，王徽之也過世了。

顧雍喪子

豫章太守顧劭，是顧雍的兒子。顧雍是三國時代一位很有名望的政治家，曾經擔任孫吳的丞相。

顧劭任豫章太守時，因爲積勞成疾，不幸病逝。這時，顧雍正在家中召集了部屬一起下圍棋，大夥兒的興致都很高，心情也都很愉快。

當外面報告送信的人到了，可是裡面卻沒有兒子的信，顧雍在表面上雖然神色非常正常，實際上心裡卻已經完全明白發生了什麼事。他心如刀割，但爲了不影響客人的情緒，不破壞原本愉快的氣氛，他強忍住巨大的悲痛，只在暗中悄悄用指甲掐自己的手掌，不一會兒，竟掐出血來，汩汩流出的鮮血都沾染到墊褥。

在強忍悲痛的時候，顧雍想到了兩位春秋時期的古人，一位是季札（因爲曾受封於延陵，所以也有人稱他爲「延陵季子」），另一位則是子夏。這兩位古人都有和他一樣「白髮人送黑髮人」的不幸遭遇，但兩人面對如此巨大變故的反應完全不同。

當年，本是南方吳人的季札，千里迢迢的跑到齊國去，等到返家的時候，長子已經去世。季札遂親手爲兒子挖了一個坑，爲兒子換上一套平時很喜歡的衣服，把兒子放進坑裡，再掩上黃土，接下來，季札在兒子的墳前大哭三聲就止住了。

兒子死了，難道季札不悲傷嗎？當然不是的，只不過是季札看待生命的態度比較豁達，認爲生命回歸大地是再自然也不過的事，因此，不必表現得過度悲傷。

子夏在不幸喪子之後，則是極度悲痛，且不斷哭泣，甚至把眼睛都哭瞎了，爲此曾子還責備子夏，認爲這是子夏的罪過之一……

顧雍就是因爲聯想起這兩位古人，才用極大的意志力，強迫自己驅散了悲哀的情緒，表現出泰然自若的神色。只有在後來當賓客都一一離去之後，才非常傷感的感嘆道：「唉，我既然沒有延陵季子那樣的高德，又豈能受『喪明』的指責呢？……」

石崇與王愷

似乎暴發戶總是特別喜歡和別人爭強鬥富，這種情況不管在哪一個朝代都一樣。

晉朝初年，就有兩個被老百姓視爲政治和經濟上的暴發戶——石崇與王愷，爲了想要表現自己才是眞正的富豪，雙方不斷在暗中較勁，極盡奢靡之能事。

石崇主要是在擔任荊州刺史的時候致富，王愷則因爲是皇親國戚——晉武帝司馬炎是王愷的親外甥！就因爲這個緣故，每當王愷與石崇鬥富的時候，晉武帝甚至還常常暗中幫助王愷。

他們倆除了都盡可能用華麗珍貴的物品來裝飾車馬衣服之外，還用許多稀奇古怪的方式來鬥富。比方說，王愷家用飴糖和（ㄏㄨㄛˋ）乾飯來洗刷鍋子，石崇家就用蠟燭代替木柴來燒飯。

（眞不知道這樣鍋子能洗得乾淨嗎？燒出來的飯又會特別好吃嗎？）

又比如，王愷用上等的紫色絲綢做了一個長達四十里的步障，石崇知道以後，立刻又用比絲綢「更上一層樓」的錦緞做了一個長達五十里的步障，「來給王愷好看」！

（「步障」是古代顯貴出行時設於道路兩側的一種帷幕。）

還有，一得知石崇用花椒和（ㄏㄨㄛˋ）泥來塗牆，王愷就用赤石脂來塗抹牆壁，以顯示自己比石崇還要闊！……

總之，兩人之間的鬥富眞是沒完沒了。

這天，晉武帝特意賜給王愷一株兩尺多高的珊瑚樹，想要讓他在石崇面前爭一點面子。

王愷馬上邀石崇來家裡喝茶，其實當然是想向石崇「獻寶」。

石崇來了，王愷迫不及待請石崇欣賞晉武帝所賜的這株珊瑚樹。

「怎麼樣？很不錯吧？」王愷的語氣裡充滿了一種洋洋得意。

像這麼大、這麼漂亮的珊瑚樹，確實是相當名貴和稀有的。

石崇走到珊瑚樹面前，王愷還以爲他是要就近仔細欣賞呢，待會兒一定少不得要讚美幾句……萬萬沒有想到，石崇竟突然順手抄起一把鐵如意，然後——就這樣當著王愷的面，把這株珍貴的珊瑚樹重重的擊個粉碎！

「啊！你——你——你這是幹什麼？」王愷驚愕不已。他簡直不敢相信居然會發生這樣的事！而且，事情發生得太快，他根本來不及阻止！

石崇卻一言不發，不做任何解釋。

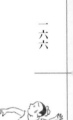

等王愷稍微回過神來，便聲色俱厲的指著石崇怒罵道：「我知道了！一定是你嫉妒我有這樣的寶物，所以才會毀掉它！是不是？」

這時，石崇說話了。他淡淡的說：「用不著發這麼大的火，我馬上賠你一個就是了。」

說完，就命令侍從立即回去把家中所有的珊瑚樹統統搬來。

「哼，賠我一個？這傢伙的口氣還眞大呀！」王愷暗暗想著。

可是，看石崇那麼自信滿滿的樣子，王愷不禁開始半信半疑起來……

不一會兒，等到石崇的侍從們都回來了之後，王愷眞的傻眼了。

老天爺！他們眞的搬回來好多好多的珊瑚樹！而且——光彩奪目、枝條美不勝收，高達三、四尺高的就有六、七株，像晉武帝賜給王愷兩尺多高那種等級的就更多了。

「這——這怎麼可能呢？」王愷不斷的想著。

「我的珊瑚樹也不多，都在這裡了，」石崇趾高氣昂的說：「你想要我用哪一株賠你，就自己挑吧！」

看著那些珊瑚樹，王愷不但窘迫不堪，還有一種悵然若失的感覺，好半天都說不出話來。

◎　◎　◎

除了鬥富之外，石崇與王愷也常常在別的方面拚命較勁，總是在暗中比賽。

有三件事，因爲老是比不過石崇，一直令王愷耿耿於懷。

第一件事，石崇家熬豆粥的速度眞是驚人的快，常常都是客人剛來，豆粥很快就做好了，然後熱騰騰的端上來，令客人大爲誇讚。

第二件事，石崇家似乎一年到頭都不缺鮮嫩的韭菜，就連在寒冷的冬天，也可以吃到切成細末的韭菜和艾蒿菜，這實在是太奇怪了。

第三件事，石崇家的牛，無論是強壯的程度或氣力的大小，明明都比不上王愷家的，可是每當兩人一起出遊，爭先進入洛陽城時，石崇的牛總是跑得飛快，王愷的牛則怎麼也追不上，眞是不可思議！

「爲什麼會這樣呢？」對於這些疑問，王愷總是百思不得其解。

後來，王愷決心要知道爲什麼石崇處處略勝自己一籌的祕訣，便悄悄買通了石崇帳下的都督和駕車人，終於有了重大的發現！

都督說：「豆子是最難煮熟的，當然不可能在短時間之內就端上桌，所以只有先把豆子煮成豆末，客人一到，做白米粥時再把豆末倒進去。至於想在冬天吃到切成細末的韭菜和艾蒿菜也不難，只要把韭菜根搗碎，再放入一些麥苗就可以了。」

駕車人則說：「您家的牛其實是挺不錯，只不過駕車人的駕馭不得法，所以牛才跑不快，下回在緊急的時候，只要讓車轅偏

一些，就跑得快了。」

聽了石崇帳下都督和駕車人的話以後，王愷這才恍然大悟道：「哦，原來是這樣啊！」

他有信心馬上就可以扳回一城了。因爲，所有的祕訣，一旦說明白了以後，就不稀奇了，而且也是很容易就可以仿效的。

果然，王愷運用同樣的訣竅，很快的就有了成果——客人一到他家，在極短的時間之內就可以吃到可口的豆粥；天氣再冷，他也不缺「韮菜」；最教石崇氣惱的是，王愷家的牛似乎也突然懂得怎麼跑步了，居然能贏過自己家的牛了！

「怎麼會這樣呢？」石崇的心裡產生了疑竇。

於是，石崇就展開祕密調查，想知道王愷突然「開竅」的眞正原因。

當石崇查出居然是有人洩密，把祕訣全部透露給王愷時，非常震怒，竟然就把洩密的人都給殺了。

許允之妻

三國時有一個魏國人，名叫許允。他的妻子是曾任魏衛尉卿阮共的女兒，河內太守阮侃的妹妹，是一個大家閨秀，相當賢淑，但成婚那天，許允因爲聽說新娘子長得很難看，心裡老大的不痛快，在新婚交拜禮結束之後，竟藉故一直賴在外面，不肯進洞房，家人都非常擔心。

新娘子倒很沉得住氣，一直安安靜靜的端坐在洞房裡，默默的等候著新郎。

這時，聽說又有賓客來道賀，而且還是新郎的好朋友，新娘便叫身邊的婢女出去打聽一下，看看剛剛來的客人是誰？

不一會兒，婢女回來稟報，說是桓郎來了。新娘一聽，知道來的人一定是桓范，是新郎許允的好朋友，也是一個正人君子。

「不用擔心了，」新娘對婢女說：「桓郎一定會勸夫君進來

的。」

果然，此刻桓范在得知許允的苦惱之後，正好心的提醒許允：「嫂子既然爲人賢淑，這是兄台的福氣啊！阮家是不會隨隨便便把女兒嫁掉的，還望兄台要多多考慮，多多觀察才是啊！」

許允想了一想，覺得桓范說的挺有道理，再說反正儀式都已經舉行過了，一切都已成爲定局，也不好弄得太難看，便硬著頭皮走進洞房。

可是，才剛進來，許允揭掉新娘的紅蓋頭，看到新娘果眞非常難看，立刻掉頭又想離開。

新娘知道許允是嫌棄自己的長相，心裡很清楚他這一出去是絕對不會再進來了，便非常果斷的上前一把拉住許允的衣服，叫他停下來。許允回過頭來，沒好氣的帶著質問的口氣對新娘子說：「婦人應該具備的美德，妳到底有幾樣呀？」

許允這番話本來是想讓新娘子難堪，新娘子卻沒有被激怒，不慍不火又很有自信的回答道：「我認爲我所缺少的只是容貌，不過，我也很想請問您，大家所說的男子應該具有的百項品德，您又有幾項呢？」

「我？」許允把頭一揚，「我當然全部具備！」

「是嗎？」新娘說：「所謂百項品德不是以德爲首嗎？可是您明明好色而不好德，怎麼還能說是全部具備呢？」

許允聽了，一時語塞，不知道該說什麼才好，臉上也露出明顯的慚愧的神色。

他沒想到新婚妻子的反應竟然如此敏捷，說得又這麼有道理，令他啞口無言，自愧不如。

當下，許允便對妻子心生敬意。從此，在互相敬重的基礎上，夫妻倆的感情一直相當不錯，相處得非常和諧。

◎　◎　◎

不久，許允做了吏部侍郎，這是一個負責選任官吏的官職。在擔任吏部侍郎期間，許允難免得罪了某些人，那些人就經常向魏明帝告狀，說許允的壞話，批評許允用人不公，否則不會只起

用自己的同鄉做官。

剛巧許允確實提拔了不少自己的同鄉。魏明帝聽多了這樣的批評，也開始對許允用人是否公正產生了懷疑，有一天，竟然派了一隊武士來把許允抓走！

由於事情發生得太過突然，家人都又驚又怕，慌得全沒了主意。只有許允的妻子表現得非常鎮定，在許允快要被抓走的時候，趕緊追出來匆匆囑咐許允：「面對聖明的君主可以用道理來說服，一味哀求是沒有用的。」

剛說完，許允就被押走了。一路上，許允想著妻子的這番囑咐，覺得很有道理。他打定主意，一定要讓皇上明白自己並沒有做錯什麼事……這麼想著想著，他原本頗爲慌亂的心緒也漸漸平靜下來。

而在家裡，當許允被捕之後，全家都嚎啕大哭，以爲大難臨頭，許允這一去恐怕再也回不來了，只有許允的妻子神態自若，安慰家人道：「不必擔心，他不會有事，很快就會回來的。」

說罷，還親自淘米煮飯，做好許允愛吃的小米粥等著。果然，過不了多久，許允眞的回來了！

家人大喜過望，一個個都圍上去，七嘴八舌的詢問到底是怎麼回事？

許允說，到了朝廷之上，皇上問他爲什麼要起用那麼多的同鄉，他很鎭定的引用《論語》上「舉爾所知」的話（意思是說，要提拔你所了解的人），許允很有自信的稟報魏明帝，說自己所提拔的同鄉，都是自己非常了解、擁有眞才實學的人，他們走馬上任之後，也都非常稱職，且爲老百姓所稱道，足見自己的眼光並沒有錯，許允還說，請皇上不妨先去查查這些人的工作表現，只要有一個人不稱職，他就甘願接受懲罰。

魏明帝覺得許允說得挺有道理，神色又很坦蕩自然，一點也不像是做了什麼虧心事的樣子，便命心腹趕緊去調查。調查結果，證明許允所提拔的人確實都很稱職，於是，魏明帝就下令把許允給放了。

許允官運亨通，不斷陞遷，做到了中領軍。他和中書令李豐、太常夏侯玄等都私交甚篤。

◎ ◎ ◎

此時整個大的政治氣候愈來愈詭譎多變。西元二四九年，司馬懿發動了「高平陵之變」，由於長久以來司馬氏和曹氏之間就有夙怨，現在便大肆誅殺以曹爽爲首的曹氏集團成員，李豐和夏侯玄都不幸慘遭誅殺，許允雖然在此風波中僥倖逃過一劫，但也心驚膽顫，惶惶不可終日。

幾年之後，許允被任命爲鎮北將軍，都督河北諸軍事。許允以爲前次的風波已經平息，自己居然還升了官，頗有些洋洋得意，可是他的妻子阮氏卻高興不起來。既然許允和李豐、夏侯玄等人都一起擁護曹魏，在李豐、夏侯玄被殺的時候，阮氏就覺得晉景王司馬師是不會放過許允的，只不過是時間早晚的問題罷了。

阮氏的判斷非常準確。果然，過不了多久，許允還是被晉景王司馬師藉故給殺了。

噩耗傳來的時候，阮氏正在紡織機前織布。她的神色仍然沒有改變，只是淡淡的說了一句：「早知道會是這樣的。」

前來報喪的門生非常焦慮的問她，要不要把幾個孩子趕快藏起來，擔心孩子們會不會受到牽連，也遭到晉景王司馬師的毒手。

阮氏說：「現在還不關孩子們的事，還不必把他們藏起來。」

後來，阮氏安葬了丈夫，在丈夫的墓旁建了一個茅草屋，帶著孩子就住在茅草屋裡守墓。

晉景王司馬師知道許允還有孩子，不大放心，擔心孩子們會對自己心生怨恨，將來會不會變成威脅到自己的禍害，便派遣鍾會去探望阮氏和孩子們，並特別交代鍾會要好好觀察，如果許允的孩子們看起來也頗有才幹，就馬上把他們抓回來，言下之意自然就是要對孩子們不利。

孩子們得到消息之後，都相當害怕，問母親該怎麼辦，等鍾

會來了之後該如何應付？

阮氏寬慰孩子們道：「你們幾個雖然都很好，但是現在的才學還不是很強，能力也還需要再鍛鍊，所以不會有什麼事的。」

她並且交代孩子們，等鍾會來了以後，和他談話時態度要誠懇，坦率些也很好，但不必表現得太過悲痛，哭泣也該適可爲止，更不要多問朝廷的事。

孩子們謹記母親的吩咐，表現得非常適當。

鍾會回去以後，向晉景王司馬師報告，還評論道：「許允那幾個孩子看來極爲普通，和他們的父親相比，差得遠了！」

晉景王司馬師這才放下心來，也打消了要逮捕孩子們的念頭。

許允孩子們的性命也終於得以保全。

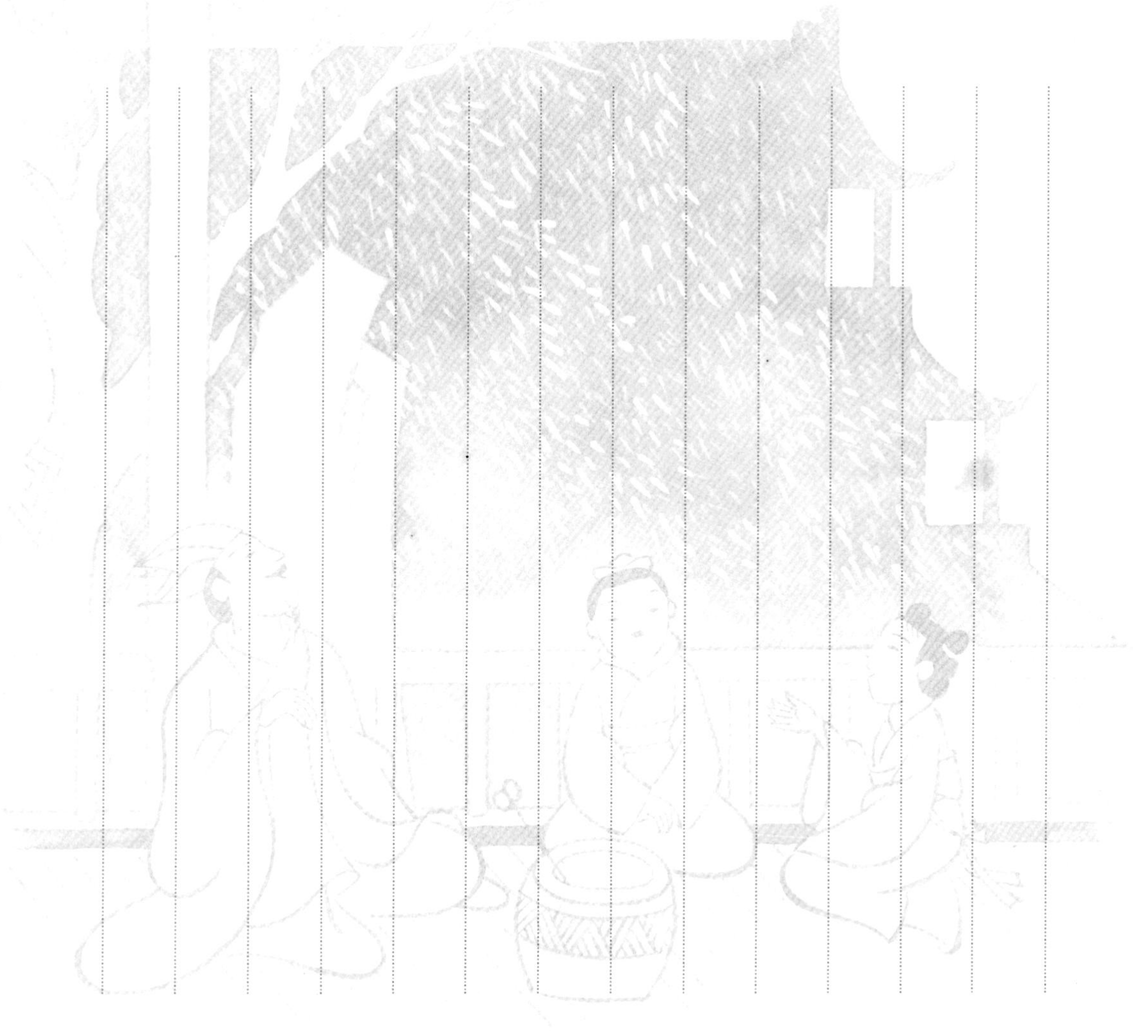

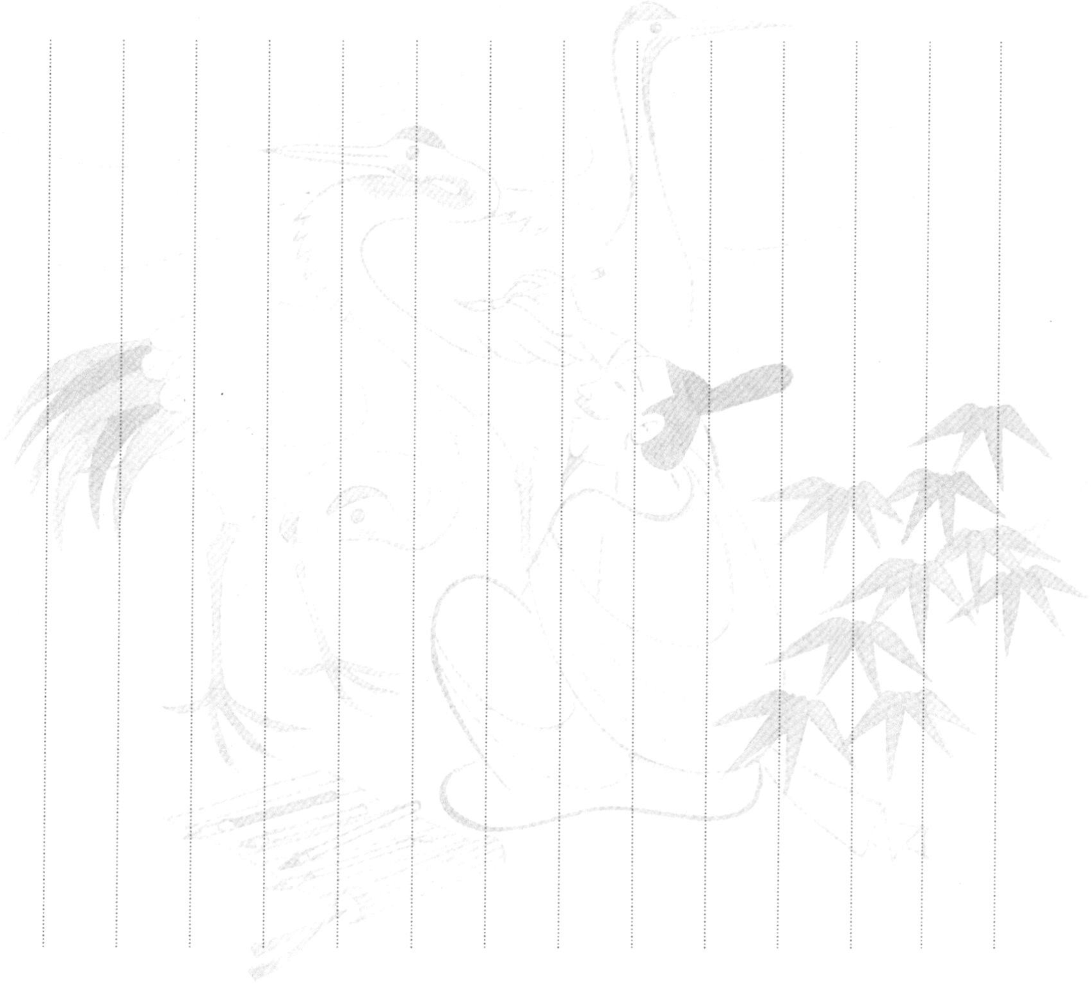

國家圖書館出版品預行編目資料

世說新語：回味無窮的小故事／劉義慶原著；
管家琪改寫；陳維霖繪圖 .—— 初版 .——
台北市：幼獅，2007【民 96】
面；　公分 .——（典藏文學：15）

ISBN 978-957-574-623-0（平裝）

859.6　　95022129

世說新語
——回味無窮的小故事

・典藏文學・

定價＝ 200 元
港幣＝ 67 元
初版＝ 2007.01
十刷＝ 2018.01

書號 987164
行政院新聞局核准登記證
局版台業字第〇一四三號

印刷＝崇寶彩藝印刷股份有限公司

改　寫＝管家琪
原　著＝劉義慶
繪　圖＝陳維霖
出 版 者＝幼獅文化事業股份有限公司
發 行 人＝李鍾桂
總 經 理＝王華金
總 編 輯＝劉淑華
副總編輯＝林碧琪
責任編輯＝林泊瑜
美術編輯＝裴蕙琴
公　司＝ 10045 台北市重慶南路 1 段 66-1 號 3 樓
電　話＝ (02)2311-2832
傳　真＝ (02)2311-5368
郵政劃撥＝ 00033368
幼獅樂讀網
http：//www.youth.com.tw
e-mail：customer@youth.com.tw
幼獅購物網
http://shopping.youth.com.tw

幼獅文化公司／讀者服務卡／

感謝您購買幼獅公司出版的好書！
爲提升服務品質與出版更優質的圖書，敬請撥冗塡寫後(免貼郵票)擲寄本公司，或傳眞(傳眞電話02-23115368)，我們將參考您的意見、分享您的觀點，出版更多的好書。並不定期提供您相關書訊、活動、特惠專案等。謝謝！

基本資料

姓名：＿＿＿＿＿＿ 先生／小姐

婚姻狀況：□已婚 □未婚　職業：□學生 □公教 □上班族 □家管 □其他

出生：民國＿＿年＿＿月＿＿日　電話：(公)＿＿＿＿(宅)＿＿＿＿(手機)＿＿＿＿

e-mail：＿＿＿＿＿＿　聯絡地址：＿＿＿＿＿＿

1.您所購買的書名：＿＿＿＿＿＿

2.您通常以何種方式購書?：□1.書店買書 □2.網路購書 □3.傳真訂購 □4.郵局劃撥 □5.幼獅門市 □6.團體訂購 □7.其他

3.您是否曾買過幼獅其他出版品：□是，□1.圖書 □2.幼獅文藝 □3.幼獅少年 □否

4.您從何處得知本書訊息：□1.師長介紹 □2.朋友介紹 □3.幼獅少年雜誌 □4.幼獅文藝雜誌 □5.報章雜誌書評介紹＿＿＿＿報 □6.DM傳單、海報 □7.書店 □8.廣播(　　) □9.電子報、edm □10.其他＿＿＿＿

5.您喜歡本書的原因：□1.作者 □2.書名 □3.內容 □4.封面設計 □5.其他

6.您不喜歡本書的原因：□1.作者 □2.書名 □3.內容 □4.封面設計 □5.其他

7.您希望得知的出版訊息：□1.青少年讀物 □2.兒童讀物 □3.親子叢書 □4.教師充電系列 □5.其他

8.您覺得本書的價格：□1.偏高 □2.合理 □3.偏低

9.讀完本書後您覺得：□1.很有收穫 □2.有收穫 □3.收穫不多 □4.沒收穫

10.敬請推薦親友，共同加入我們的閱讀計畫，我們將適時寄送相關書訊，以豐富書香與心靈的空間：

(1)姓名＿＿＿＿ e-mail＿＿＿＿ 電話＿＿＿＿

(2)姓名＿＿＿＿ e-mail＿＿＿＿ 電話＿＿＿＿

(3)姓名＿＿＿＿ e-mail＿＿＿＿ 電話＿＿＿＿

11.您對本書或本公司的建議：

廣　告　回　信
台北郵局登記證
台北廣字第942號

請直接投郵　免貼郵票

10045 台北市重慶南路一段66-1號3樓

幼獅文化事業股份有限公司 收

請沿虛線對折寄回

客服專線：02-23112836 分機208　傳真：02-23115368

e-mail：customer@youth.com.tw

幼獅樂讀網http：//www.youth.com.tw